JN286198

龍の恋情、Dr.の慕情

樹生かなめ

white
heart

講談社X文庫

目次

イラストレーション／奈良千春《ならちはる》

龍《りゅう》の恋情《れんじょう》、Ｄｒ.《ドクター》の慕情《ぼじょう》

1

氷川諒一《ひかわりよういち》を乗せた黒塗りのベンツは、指定暴力団・眞鍋《まなべ》組の二代目組長である橘高清和《きつたかせいわ》が君臨する街に入った。

この界隈《かいわい》で泣く子も黙る眞鍋組の清和を知らない者はいない。ついせんだっては、苛烈《かれつ》なチャイニーズ・マフィアとの血で血を洗う抗争に勝ち、清和は極道としての名をさらに上げた。外見だけでなく中身も、十九歳とは思えない堂々たる美丈夫《びじようふ》である。

清和が女房として誰よりも大切にしている者が二十九歳の男で、内科医であるということは周知の事実だ。眞鍋組のシマで氷川が何者であるか知っている者たちは、最大限の敬意を払った。

氷川のボディガードであり勤務先への送迎を一手に引き受けているショウこと宮城翔《みやぎしよう》も、二代目姐《あね》である氷川に尽くしている。チャイニーズ・マフィアとの抗争では、氷川を庇《かば》って生死の境を彷徨《さまよ》った。ショウは、氷川にとっては命の恩人だ。

「ショウくん、本当に大丈夫なの？」

器用にハンドルを操っているショウの身体《からだ》に包帯が巻かれていることを、氷川はちゃんと知っている。ショウは驚異の速さで回復しているらしいが、本来ならばまだ安静にしていなければならない状態だ。しかし、ショウはベッドでじっとしていられる男ではなかった。

「見てのとおり、ピンピンしています」

二十歳《はたち》のショウは生命力に溢《あふ》れていて、氷川は見ているだけで清々《すがすが》しい気分になる。外見はいかにもといったヤンキーだが、陰惨さはまったくなかった。

「今はよくても後から出てくるんだよ」

何度、氷川はショウに後遺症の恐怖を説いたかわからない。だが、ショウはいつも爽《さわ》やかな笑顔で流した。

「その時はその時です」

「もう……」

氷川が日本人形のようだと絶賛される綺麗《きれい》な顔を歪《ゆが》めた時、車の前に体格のいい女性が飛びだしてきた。

「うわっ……」

ショウは慌ててブレーキを踏み、車を急停止させる。後部座席に座っていた氷川は、その衝撃で白皙《はくせき》の額を前の座席にぶつけた。

氷川の清楚《せいそ》な美貌《びぼう》に傷がついたら、そばについていたショウと体格のいい女性はどうなるかわからない。清和は決して横暴な極道ではないが、眞鍋組の金看板を背負っている組長だ。何より、ショウは自分で自分を罰するだろう。

「先生、大丈夫ですか？」

ショウは命に代えても守らなければならない氷川の無事を、真っ先に確認する。

「うん、大丈夫」

氷川は額を手で摩《さす》りつつ、何度も頷《うなず》いた。

ドンドンドンドンドン、と体格のいい女性が車の窓を激しく叩《たた》いている。懸命に語りかけているようだ。

鬼のような形相を浮かべたショウは、車から降りながら怒鳴った。

「カレン、危ねぇだろーっ」

顔見知りらしく、ショウは体格のいい女性を『カレン』と呼んだ。

車の中からだと、ショウとカレンの会話は聞こえない。

氷川はカレンの姿をまじまじと見つめた。目が釘付《くぎづ》けというか、自然と見つめてしまうというか、カレンはあまりにも強烈なのだ。夢の国のお姫様のようなワンピースに身を包んでいるカレンは、体格がいいなんてものではない。相撲取《すもうと》りのような体格をしているし、ショウの軽く三倍はありそうな大きめの野球のベースの形の顔の中の目も肉で埋もれている。

身長は百八十センチを軽く超しているショウと同じくらいあった。踵《かかと》の高い靴を履いているのかと、氷川はカレンの足元を見る。カレンはハイヒールではなく、大きなリボンがついた真っ赤なローヒールを履いていた。間違いなく、カレンは日本人男性の平均身長を遥《はる》かに上回っている。

どこからどう見ても、カレンは女性には見えない。彼女のそばにいる正真正銘の男であるショウのほうが何倍も可愛《かわい》かった。

氷川の目の錯覚ではない。銀縁の眼鏡《めがね》をハンカチで拭《ふ》いてから、カレンとショウを交互に見つめた。

「……女性？　女装した男じゃないよね？　男なのかな？」

女装した相撲取りのようなカレンの性別に迷っていると、顔を歪めたショウが彼女の襟を摑《つか》んだので、氷川はつられるように車の外に出た。

「ショウくん、暴力は駄目だよ」

氷川が言うや否《いな》や、これ以上ないというくらい険しい顔つきのショウの声が響いた。

「先生、中にいてください」

ショウと対峙《たいじ》していたカレンは、氷川の前に立つと細い目をきらきらさせて、早口で尋ねてきた。

「先生？　先生なのね？　もしかして、作詞家の先生？　それとも作曲家の先生？」

女装した大男にしか見えなかったカレンの声と口調は、外見からは想像できないほど可愛かった。首は猪《いのしし》より太いが喉仏《のどぼとけ》はない。どんなに努力をしてもカレンは女には見えないが、女としてこの世に生を受けた女性なのだろう。

氷川は質問の意味が把握できなかったが、その天使のような声に驚愕《きょうがく》する。豆鉄砲を食《く》らった鳩《はと》のような顔で訊《き》き返《かえ》した。

「……え?」

「わかった、放送作家の先生でしょう? そうでしょう? 放送作家の先生ね? 如月《きさらぎ》カレンって言います。初めまして」

樹齢百年以上の杉の木より太い腰をくねらせたカレンは、男にしては繊細な氷川の手をぎゅっと握った。そして、氷川の手を固く握ったまま歩き出す。

「……は、はぁ……?」

医者らしくない風貌だが、今まで放送作家に間違えられたことは一度もない。氷川はにがなんだかわからないまま、カレンとともに人が行き交う眞鍋組のシマを進む。後方からショウが何か言いかけたが、カレンの言葉がショウの声を掻《か》き消《け》した。

「カレンね、この夏に十七歳になったの」

「十七歳、若いね……」

氷川はカレンの歳《とし》の若さに驚いた。十七歳には見えないが、カレンから脂肪を取ったら十七歳に見えるのかもしれない。

「十七歳、もうおばさんだわ」

カレンは口元に手を寄せて、悲しそうに首を軽く振る。

彼女の仕草は十七歳の少女だった。女の子なのだと、氷川はしみじみ思う。

「何を言ってるんだ」

氷川の手より何倍も大きいカレンの手はゴツイなんてものではない。指には可愛いデザインのリングが輝いていた。金色の髪の毛はきっちりと巻かれていて、白いレースのリボンが哀れなぐらい可憐《かれん》だ。そう、滑稽《こっけい》を通り越して、哀れなのである。

インポートショップのショーウインドーやカフェのディスプレイは秋一色で、ケーキ屋の入り口には早くもハロウィンのかぼちゃが登場していた。寒くなったと思えばいきなり暑くなったり、一日の温度差がとても大きい。薄手のコートを羽織っている紳士もいればシャツ一枚の青年もいて、行き交う人々の服装はまだまばらだが、風は完全に秋の気配である。

極道ファッションに身を包んだプロレスラーのような男と眼光の鋭い男が、信号の前で佇《たたず》んでいた。二人は氷川の顔を見るなり深く腰を折る。眞鍋組の構成員だろう。氷川の手を引いているカレンに驚いていたようだが、決して声をかけようとはしない。背後のショウに目で訴えかけていた。

後方のショウが眞鍋組の構成員にどんな反応をしたのか、カレンに手を引かれている氷川は知らない。

「カレンね、歌手になりたいの。ううん、カレンは歌手になるために生まれてきたの。一年後には武道館《ぶどうかん》をカレンのファンでいっぱいにしてみせるわ。それなのに、どうして、カレンを落とすの？　カレンはほかの子みたいにレッスン料のために援交なんてしなくてもいい子よ？　ほかの子、援交してまでレッスン料を稼いだってスターになれるわけないのにっ」

話しているうちに興奮したのか、カレンの声はだんだん大きくなり、語尾にはやたらと力が入っていた。頬《ほお》は紅《あか》く染まっているし、氷川と繋《つな》いでいるカレンの手はじんわりと汗ばんでいる。

カレンの迫力に圧倒されそうになったが、氷川は真っ先に湧《わ》いた疑問を口にした。

「……えっと、カレンちゃんは歌手志望なの？」

顔を見ろとばかりに、カレンは人差し指で自分の頬を突《つつ》いてみせた。

「そうよ、今すぐにでもエロカワ系歌手としてデビューできるでしょう？　それなのに、三國《みくに》プロはどうしてカレンを売りださないの？　おかしいわ。カレンは今世紀最大のスターになるのに……」

カレンの目はどこまでも真剣で、全身にスターになるという自信が漲《みなぎ》っている。

その自信はどこからくるのか、氷川は夢と希望に溢れているカレンに訊いてみたくなったが、理性と分別で訊かなかった。

「は……」

「先生はカレンの将来が見えるわよね？　見えなきゃ男じゃないわ」

内科医の氷川が予想するカレンの将来といえば、生活習慣病患者だ。カレンに栄養指導を受けさせたい。とりあえず、肥満は健康に悪い。

「……は、はぁ」

「カレン、こう見えて柔軟性は持っているわ。女優としてデビューしてもいいと思っているのよ」

氷川は芸能界にも芸能人にも詳しくはないのでなんとも言えなかったが、個性派として売りだすにも限度があるような気がした。

「はぁ……」

「カレンが主演なら視聴率が取れると思うの。先生もそう思うでしょう？」

カレンに顔を覗《のぞ》き込《こ》まれ、同意を求められる。否定されるとは露も思っていない態度だ。

「はぁ……」

「カレンはプロよ、ヌードがいやとか、濡《ぬ》れ場《ば》がいやとか、そういう文句は言わないから……ね？」

氷川を放送作家だと思い込んでいるカレンの声音には、明らかに媚《こび》が含まれていた。

「……はぁ」

曖昧《あいまい》な返事を繰り返している氷川に構うことなく、笑顔のカレンは目の前にあるガラス張りのビルに入っていく。

一階は酒のディスカウントショップで、入り口付近には何種類ものワインと外国製のビールが無造作に並んでいる。

カレンは二階の『三國プロダクション』のドアを開けた。

芸能プロダクションといっても、一見、中は普通の事務所だ。ソファとテーブルが置かれた応接スペースがあり、パーティションの向こう側には事務的なデスクがいくつも並んでいる。壁に貼《は》られたタレントのポスターが、芸能プロダクションであることを物語っているようだ。

カレンは周りを見回してから中にずかずかと進み、ふふふふふふふふっ、と独り笑いを漏らした。

「社長？　三國社長？　出てきてよ。先生はカレンを認めてくれたわよ。一刻も早くカレンを売りだしてちょうだい」

誇らしそうなカレンの呼びかけに、奥の部屋から甘い顔立ちをした長身の美男子が現れた。今が旬のタレントのようなルックスをしていて、地味な色のスーツを身につけていて

も、その美貌は損なわれていない。氷川も眼鏡を外すと女性のようだが、顔立ちだけならば彼のほうがより女性的だ。

「カレンちゃん？　先生？　……っと、先生……」

氷川の顔を確認した途端、彼は顔色を変えた。そして、慌てて頭を下げた。

氷川が何者か知っているということは、眞鍋組関係者に違いない。清和が近代化を進めているせいか、極道の匂《にお》いのしない眞鍋組関係者は意外なほど多かった。

「僕を知っているのか」

芸能プロダクションと暴力団の関係を、氷川は乱読した書物で知っていた。この三國プロダクションと眞鍋組は何か関係があるのだろう。

「はい、先生のことはショウからよくお話を伺っております。俺、ショウには『祐《たすく》』と呼ばれています」

名前が出たショウは、氷川の背後でこめかみを押さえた。

氷川はショウの口から『祐』という名前を聞いたことがある。絶対安静のショウを病室に閉じ込めておくために、毎日、AVを十本以上差し入れたという青年だ。芸能関係の仕事をしているとのことだった。眞鍋組の構成員ではない。

「ああ、ショウくんにAVの差し入れを毎日十本以上した祐くん？」

氷川が軽く一度手を叩くと、祐は嬉《うれ》しそうに笑った。

「そうです。AVはなんの役にも立たなかったみたいですけどね」

「うん」

「社長、何をしているのよ。カレンを売りだすプロジェクトをGOしてっ」

話題が自分から逸《そ》れたカレンはふてくされた態度で、氷川と祐の間に強引に割って入った。

氷川の視界がカレンの大きな背中で塞《ふさ》がれる。

無作法なカレンに、祐は怒ったりしない。祐は温和な微笑を、唇を尖《とが》らせているカレンに向けた。

「カレンちゃん、その話は終わったよね？　事務所とタレントにも相性があるんだ。うちとカレンちゃんは合わない。ほかの事務所に行ってくれ」

祐は優しい目と口調で、カレンを宥《なだ》めようとした。

だが、カレンの決意は固いようで、祐の言葉など耳に入っていない。首を左右に振った後、挑むような目で言い放った。

「カレンが三國プロに合わせてあげるって言ってるでしょう。ここまで言ってあげているのにどうしてわからないの？　登録料だってレッスン料だってちゃんと払ってあげるから」

沈痛な表情の祐は右手で顔を覆い、大きな溜《た》め息《いき》をついた。

「カレンちゃん、会議で決まったことなんだよ」

　祐が全身で苦しさを醸《かも》し出《だ》しているにもかかわらず、カレンはいきり立った。かっ、と見開いた目は血走っているし、左右の太い腕は震えている。威嚇《いかく》か、自然にか、どちらかわからないけれども、足で何度も床を踏み鳴らした。

「デリクラやソープで稼いだお金で登録料やレッスン料を払う女をタレントとして売りだすの？　無理よ。社長は知らないかもしれないけど、三國プロに所属しているタレントの卵の半分以上、援交で金を稼いでいるのよ？　カレンならそんな汚らしいことはしないわ。パパが払ってくれるもの。カレンのパパは社長よ」

　カレンの言葉の内容に氷川は戸惑ったが、口を挟むことはしない。ここはことの成り行きを見守る。

「う～ん、カレンちゃんはね……」

　カレンを傷つけないように言葉を選んでいる祐の心の内が、氷川には手に取るようにわかった。

　カレンをきつい言葉で追い返さないところが、祐のプロたる所以《ゆえん》かもしれない。現在、何が当たるかわからない時代である。もしかしたら、カレンが言うように、彼女は武道館をファンでいっぱいにするアーティストになるかもしれないのだから。

「ショウさんなんてイメクラ嬢をスカウトしているのよ。馬鹿《ばか》じゃない？」

カレンが背後で顔を引《ひ》き攣《つ》らせているショウを人差し指で指した。その時、何かがショウの中で弾けたようだ。

「このデブ、いい加減にしろーっ」

ショウが大声で怒鳴りながら白い壁を叩くと、カレンの自信に満ち溢れた顔は一瞬にして崩れた。

「なっ……デ、デブって何よ」

氷川も祐も硬直したままで、ショウとカレンの間に入れない。

「デブなんてもんじゃない。巨大デブのブス、鏡を見てから言え。ここは芸能プロダクションで肉屋じゃねぇんだよ。とっとと肉屋に行け」

ショウの罵倒《ばとう》は辛辣《しんらつ》で容赦がない。

カレンにもその自覚はあるのか、反論はまったくなかった。瞬《また》く間《ま》に、カレンの目がうるうると潤み、大粒の涙がポロリと零《こぼ》れた。

「ひ、ひどい」

「二度と来るな、ブスッ」

ショウは事務所のドアを開けると、広いカレンの背中を押した。

濃いアイメイクを施しているので、カレンは黒い涙を流す。カレンは涙を手で拭《ぬぐ》うと、大声で叫んだ。

「サイテーッ」

カレンは泣きながら事務所を出ていった。よほどショックだったのか、階段から転がり落ちたようで、不気味な音が響き渡る。

階段、壊してないだろうな、とショウがドアの前で独り言のように漏らした。

カレンの体格を考慮すればありえない話ではないが、いくらなんでもそんなことはないだろう。

「カレンちゃん、大丈夫なのかな」

どこから来ているのか不明だったあのカレンの自信は、単なる強がりだったようだ。腕もないのに精一杯の虚勢を張る若手医師の顔が、氷川の脳裏を過《よぎ》る。

「先生、すみませんでした、カレンのことは忘れてください」

ショウがペコリと頭を下げた。

「ショウくん、女の子に向かってなんてことを言うんだ」

氷川は女性にどうしても興味が持てない男だが、嫌悪感《けんおかん》を抱いているわけではない。カレンに向けたショウの辛辣な言葉に、氷川は心を痛めていた。

「あれは女の子じゃありません」

ショウは固く握った左右の拳《こぶし》をわなわなと震わせながら、吐き捨てるように言った。

「女の子だろう」

氷川は形のいい眉《まゆ》を顰《ひそ》めて、ショウの間違いを指摘した。

「あれは女じゃない。あれが女だったら凶暴な京介《きょうすけ》のほうがまだマシだ。いや、何倍も可愛い」

親友とも相棒とも悪友とも言うべき京介の名前を出したショウに、氷川は苦笑を漏らしてしまった。

「ショウくん……」

「あの女、何考えてんだよ。あんなルックスでタレントになれるわけねぇだろう」

先日、カレンは三國プロダクションで開いたオーディションを受けに来た。審査員は当然、カレンを落とした。しかし、カレンは事務所に乗り込んできたのだ。己を知らないカレンに祐もショウもほとほと参っているらしい。

「今は個性の時代じゃないの？」

「お笑い芸人だったらいいところまでいけるかもしれませんね」

ショウの言うとおり、カレンには芸人の道が開けているような気がした。

「ん……」

氷川が唸《うな》っていると、ショウは神妙な顔つきで詫《わ》びてきた。

「参った。とりあえず、すみません」

「ん？　全然構わないよ。ところで、ここは眞鍋組の芸能プロダクションなの？」

氷川は辺りを物珍しそうに見回すと、ショウに改めて尋ねた。

「芸能プロダクションですけど、眞鍋組のプロダクションじゃありません」

眞鍋組系のプロダクションだとばかり思っていたので、氷川は驚いた。

「ショウくんが関《かか》わっているから、眞鍋組の事務所だとばかり思ったよ」

「……ああ、京介と一緒にそば屋で天麩羅《てんぷら》そばとカツ丼《どん》を食っていたら隣に祐さんが座ったんですよ。それで、祐さんが京介をタレントにスカウトしたんです。それが俺と祐さんの出会いです」

ショウは祐との出会いを楽しそうに語った。

「僕が何も知らないと思って見くびらないでね？　芸能プロダクションの詐欺《さぎ》って多いって聞いたよ？　登録料とかレッスン料とかを毟《むし》り取《と》る詐欺プロダクションなの？　清和くんはそういうの嫌っているでしょう？」

清和は株と相場で稼いでいるインテリヤクザで、兜町《かぶとちょう》でもちょっとした評判だ。今も新しい眞鍋組を作るために、必死になって働いている。その清和が見込んでいるショウが、詐欺行為に加担していたら問題だ。

「いやっ、そうじゃなくって……」

感情が顔に出るショウは、思い切り慌てている。

何かあると確信を持った氷川は、ショウを真正面から見据えた。

「カレンちゃん、聞き捨てならないことを言ってたよね？　援助交際で登録料やレッスン料を稼いでいる子がいるとか。まさか、タレント志望の子を騙《だま》して、いやらしい店で働かせていないよね？」

眞鍋組が陰で仕切っている街では男女問わず学生の姿も見かけるし、ホストにしなだれかかっている女性もいるが、基本的には大人の男のための歓楽街だ。女というだけで、金を稼げる街である。女ならば若くても年増《としま》でも、美女でもそうでなくても、病的なまでに痩《や》せていても病的なまでに太っていても、商品になる。極道は女を『シノギのネタ』とも言っている。

「騙してはいません。そういう店で働く子は自分から志願するんです」

ショウは右手を大きく振った。

「自分で行かせるようなことをしてるんじゃないの？」

芸能界を夢見る少女が食い物にされる記事に、氷川はいくつも目を通してきた。読んでいるだけで胸が悪くなったものだ。

「うううううう～っ」

氷川の詰問《きつもん》にショウが詰まると、祐が白い薔薇《ばら》のアートフラワーが飾られているテーブルに三人分のコーヒーと茶菓子を置きながら言った。

「ああ、先生、俺が説明しますよ。せっかくですから、コーヒーでも飲んでください。うちのコーヒーは結構美味《うま》いんです」

　コーヒーのいい香りが氷川の鼻をくすぐった。

「え？　ああ、ありがとう」

　氷川はソファに腰を下ろし、褐色《かっしょく》のコーヒーが注《つ》がれた白いカップに口をつけた。

　ショウは花柄の皿に盛られたビスケットに手を伸ばす。

「俺、学生の時は制作会社でバイトしていたんですよ。あ、俺、清水谷《しみずたに》の経済学部でした。先生の後輩に当たります」

　真正面に座った祐は、親しそうに話しだす。

　氷川も目の前にいる祐が後輩だと知ると、一瞬にして親近感が湧いて、自然と頬が緩んだ。

「そうか、後輩か……っと、それで？」

　緩んだ頬を引き締めて、氷川は祐をじっと見つめた。

「大学卒業後、就職せずに、その制作会社でバイトを続けました。でも、その制作会社が潰《つぶ》れて、芸能プロダクションに就職しました。けど、そこも潰れたので、自分でこの三國プロを設立したんです。そば屋で京介には断られたんですけど、ショウが経営なら助けてくれるっていうんで、手伝ってもらっています。俺一人じゃ、芸能プロは無理ですから」

　京介の華やかな美貌に、感嘆しない者はいない。スカウトならば彼の容貌を見た瞬間、名刺を差しだすはずだ。しかし、京介本人にその気はなく、カリスマホストとして夜の街を泳ぎまわっている。

「ショウくんが経営に関わっているなら眞鍋組じゃないの？　このビル、眞鍋組のビルじゃないの？」

三國プロダクションが入っている喜多村《きたむら》ビルは、眞鍋組総本部である眞鍋興業の目と鼻の先にある。総本部付近の土地や建物は、すべて眞鍋組が所有していると聞いたことがあった。

「ここは二代目組長が所有するビルですが、資金提供はいっさい受けていません。眞鍋組にみかじめ料も納めていません。女を捕まえては逃げられているショウは、うちの手伝いで小遣いを稼いでいるんです。小遣いっていったって気の毒なくらい可愛いもんですが。宇治《うじ》や信司《しんじ》も手伝ってくれています。とりあえず、危ないことはしていないので安心してください」

祐の言葉の後に、二枚目のビスケットを食べ終えたショウが何度も深く頷く。ショウは手についたビスケットの粉を自分のシャツで拭いてから、三國プロダクションのスタッフとしての名刺をテーブルに置いた。ショウの肩書はマネージャーで、名刺を見る限り、おかしな様子はまったくない。

だが、名刺なんていくらでも作ることができる。女性をナンパするために、医者の肩書がついた名刺を作る無職の男の話を聞いたこともある。

「登録料とかレッスン料を取っているの？」

正規の芸能プロダクションならば、所属しているタレントから高い登録料やレッスン料は取らないものだ。

「はい」

「そういうところって、詐欺みたいなプロダクションだって読んだけど」

氷川の探るような目に、祐は笑顔で答えた。

「もしかして、週刊誌あたりから仕入れた情報ですか？　あんなのを信じないでくださいね。ああいうのは売れるように書き立てることが仕事なんですから」

売れることを最大の目的として、事実と異なる記事が掲載されることは、氷川もある程度は知っている。過去、医療ミスを扱った記事に目を通し、医療に携わる者として憤慨したこともあった。

「えっと、三國祐社長……でいいの？」

「ああ、ショウと初めて会ったそば屋が『三國屋《みくにや》』だったので、三國プロダクションにしましたし、俺も三國祐と名乗っていますが、本名は桝田《ますだ》祐です。祐で結構ですよ」

三國プロダクションの名前の由来がそば屋だとは意外だったが、それについては何も言わない。

ちなみに、そば屋の『三國屋』とは関東圏でチェーン展開していて、眞鍋組のシマにも店舗があった。

「祐くん、ショウくんも宇治くんも信司くんもヤクザなんだよ？　普通の人は関わらないほうがいいと思う」

つい最近、抗争の苛烈さを目の当《まあ》たりにした氷川は、自分の立場を忘れて、祐のためを思って言った。一般人の祐にどこでどんなとばっちりが降りかかるか、わからない。祐に何かあれば、家族がどれだけ悲しむか容易に察することができる。

ショウは口にしていたコーヒーを吹きだし、祐は最高の笑顔を浮かべた。

「先生、眞鍋組の姐さんの言うことじゃないですよ」

「祐くん、ご家族を泣かせちゃ駄目だよ」

氷川は祐の手をぎゅっと握る。

照れくさそうな顔をした祐は、氷川の手を握り返しながら言った。

「そんな心配をしてくださった先生だから正直に言います。俺、橋高顧問の舎弟頭の安部《あべ》さんの知り合いです」

清和の義父であり、眞鍋組の顧問である橋高正宗《まさむね》の舎弟頭が安部信一郎《しんいちろう》だ。安部は貫禄《かんろく》のある極道で、威風堂々《いふうどうどう》とした橋高と並んでも遜色《そんしょく》ない。

祐の口から思いがけない名前が出たので、氷川は身を乗り出した。

「え？　あの安部さん？」

　氷川の反応に、祐は目を細めた。

「そうです、安部さんのことは昔からよく知っているんですよ。だから、そっちの心配はしないでください」

「いったいどういう関係？」

　目の前で悠然と微笑《ほほえ》んでいるアイドルタレントのようなルックスの祐と、立っているだけで仁侠《にんきょう》映画の世界になる安部が、どうしたって結びつかない。

「俺が大学までいけたのは安部さんのおかげです。感謝していますよ」

　祐から安部に対する思慕をひしひしと感じ取り、氷川は質問を重ねようとしたが、ドアが開いてジーンズ姿の女性が入ってきた。

「おはようございます」

　朝の挨拶《あいさつ》の時間ではないが、いつでも、朝の挨拶をする業界だ。

「ああ、柚子《ゆず こ》ちゃん、約束どおり痩せたね。頑張ったね」

　所属している女性タレントらしく、祐は温和な笑みを浮かべつつ立ち上がる。

「はい、頑張りました」

　減量を成し遂げた女性タレントには、安堵感《あんどかん》と達成感が漂っている。祐は現在の体重と体脂肪を女性タレントに尋ねた。ついで、スリーサイズも訊いている。

芸能人に興味があるわけではないが、女性タレントと祐の会話に、氷川は聞き耳を立ててしまう。

「先生、ここら辺で……」

ショウに促されて、氷川は三國プロダクションを後にする。

先ほどのカレンの不気味な騒音が、氷川の耳にこびりついて離れない。氷川は辺りを窺《うかが》いながら階段を下りた。

ショウも同じ気持ちらしく、手すりや壁を調べるように叩いている。

「カレンの肉のせいでどこか壊れていたら困るな」

真剣な顔のショウに、氷川は目を吊《つ》り上《あ》げた。

「ショウくん、なんてことを言うんだ」

「先生だって思ったでしょう?」

カレンに対する嫌悪感を隠そうとしないショウに、氷川は偽善者だと罵《ののし》られているような気がした。

「いくらなんでもそんなことは……」

「先生、顔にそう書いてありますよ」

氷川が言葉に詰まった時、階段を静かに上ってきた白髪交《しらがま》じりの老人がショウに挨拶をした。

「おはようございます」

白髪交じりの老人にショウは爽やかな笑顔で言葉を返した。

「三四郎《さんしろう》さん、お元気そうで何よりです。身体が資本ですから無理は禁物ですよ。身体はくれぐれも大事にしてくださいね」

「わかっています。マネージャーにも耳にたこができるほど聞かされています」

ショウが『三四郎さん』と呼んだ老人は二階に上がると、三國プロダクションのドアを開く。

矍鑠《かくしゃく》としているが還暦をとっくに過ぎている三四郎なる老人はいったい何者なのか、氷川は純粋な興味でショウに尋ねた。

「今の三四郎さんて、三國プロのスタッフ？」

「所属している俳優です」

芸能界に疎《うと》すぎるせいか、還暦を過ぎた老人が俳優だと思わなかった。だが、映画にしろテレビドラマにしろ老人は登場する。

「ああ、老人役もいるよね」

「ま、そういうことですよ」

ビルのこぢんまりとしたエントランスで派手な若い美女がショウに抱きついてきた。

「ショウ、こんなところにいたの〜ぅ？　今から踊りに行こうよ〜ぅ」

「真里菜《まりな》、待て。俺はまだ仕事中だ」

　ショウは慌てて、胸に張りついている真里菜を引き離そうとする。だが、真里菜はべったりとショウに張りついたままだ。ショウの新しい彼女なのだろう。

　真里菜の金色に染めた髪の毛は長く、綺麗に巻かれている。先ほどのカレンと同じような髪型だが、印象がまったく違った。真里菜はほっそりとしているけれどもグラマーで、身体のラインがはっきりとわかるタイトなファッションがよく似合っている。ミニスカートから出ている足もすらりとしていて綺麗だった。

「え～？　まだお仕事中なのぅ？　あ、この人が組長の彼女？」

　真里菜の視線は、綺麗な目を揺らしていた氷川に止まった。ショウが何者でどういう仕事をしているのか、ちゃんと知っているようだ。

「真里菜……」

　ショウが言いかけたが、真里菜は盛大に手を叩いた。

「先生、綺麗、ステキっ。アタシも組長のファンだったの。ママだったら許せなかったけど、先生だったら許してあげる。ママなんてもうおばあちゃんだもの。あんなおばあちゃんはいくらなんでも許せないわ」

　きゃっきゃっきゃっ、とはしゃいでいる真里菜の口から出た『ママ』という言葉を、氷川は聞き逃さなかった。横目で見たショウの顔色が真っ青になったので、氷川は確信を持って真里菜に声をかけた。

「えっと、真里菜ちゃん？　ショウの彼女だね？　ショウの彼女がこんなに可愛いなんて知らなかったよ」

可愛いと言われて、真里菜も満更ではないらしい。

「はい、真里菜です。一昨日《おととい》からショウと一緒に暮らしています」

「ああ、だから、一昨日からショウの機嫌がよかったのか。ショウはいいお嫁さんをもらったね」

氷川は世間知らずの天然という太鼓判を押されてはいるが、そんなに気が回らないわけでもない。ショウに夢中だと思われる真里菜に何を言えば喜んでくれるのか、感覚でわかっていた。

「先生、一度遊びに来てください。こう見えて料理は得意なんです。ショウも美味《おい》しいって食べてくれます」

くねくねくねくねくねっ、と真里菜の身体は恋に悶《もだ》えているようだ。カレンと同じ態度をとっても、女装した相撲取りの何倍も可愛いし様になっている。

「うん、行かせてもらうよ。それでね？　そのおばあちゃんのママって誰のこと？　ドームのママ……じゃないよね？」

眞鍋組資本の高級クラブ・ドームには、次期姐さん候補として有力視されていた清和の彼女がいた。その彼女、柳沢京子《やなぎさわきょうこ》に乗り込まれて、落とし前を迫られた時のことは今でも鮮明に覚えている。

クラブ・ドームのママは、日本を代表する女優に似たしっとりとした雰囲気の美女だ。

「え？　志乃《しの》ママですよ。クラブ・竜胆《りんどう》のママっていえば、組長の初めての女だって有名じゃないですか」

にこにこしている真里菜はなんでもないことのように、氷川が知らなかった清和の過去をあっさりと言った。

その瞬間、蛙《かえる》の断末魔のような呻《うめ》き声《ごえ》を発して、ショウは氷川から背を向ける。命知らずのショウでも怖いものがあるのだ。

「ああ、そうだったね。そのママさんか。組長のお気に入りだよね」

まだまだ、真里菜から仕入れなければならないことがあるので、氷川は渾身《こんしん》の力を込めて笑顔を作った。伊達《だて》に傲慢《ごうまん》な患者と接していない。

氷川の周囲に漂う不穏な空気にも、壁に頭突きを食《く》らわせているショウにも、真里菜は気づいていなかった。

「クラブ・ドームには若くて綺麗な女がいっぱいいたのに、中学生だった組長はおばさんの志乃さんを選んだんだって。それで、志乃さんは店を持たせてもらえたのよ。組長がいなかったら、志乃さんはママにはなれなかったわ。組長の女の趣味ってわかんな～い。まだ、京子ならわかるけど」

清和の花嫁候補は誰もが認める華やかな美女だ。京子本人も自分に自信があるだけに、清和を奪った氷川が許せなかったのだろう。氷川に対して落とし前を迫った。

「そうだね」

氷川の背後に青白い炎が燃え盛っているが、真里菜は無邪気にはしゃいでいる。だが、意外にも嫉妬深《しっとぶか》い氷川をよく知っているショウは、泣きそうな顔で言った。

「先生、そろそろ行きましょう。真里菜、またなっ」

足早に歩くショウに引きずられるようにして、氷川は喜多村ビルを後にする。

「ショウくん、僕、京子さんのことは知っていたけど、志乃さんのことは知らなかった」

真里菜の姿が見えなくなった瞬間、氷川の顔は般若《はんにゃ》と化していた。ショウの目はすでに真っ赤になっている。

「昔のことです」

二十九歳の氷川の中学時代は昔のことだが、十九歳の清和の中学時代はそんなに昔のことではない。第一、察するに、志乃は今でもこの界隈で夜の蝶《ちょう》として華やいでいる。

「昔のことじゃないでしょう？　今でも続いているの？　そのクラブ・竜胆ってどこにあるの？」

清和は魅力的な若い男なのでほかに女がいても仕方がないと、頭ではわかっていても心が許せない。初めて聞く『清和の初めての女』には、単なる嫉妬以上の感情が湧き上がってきた。

「今、組長とママの間に、なんの関係もありません」

　ショウは全身で力んで主張したが、迫力ならば氷川も負けない。

「クラブ・竜胆って眞鍋組資本のお店だよね。誰がお金を出しているの？　清和くん？」

「うううううううううう～っ、うううううううううう～っ」

　言いたくないのか、言えないのか、どちらかわからないけれども、ショウは返事にならない声を発した。

「どこにあるの？　クラブ・竜胆って？」

　氷川はショウの腕を摑んだ。

　頭に血が上りすぎて、氷川は現在自分がいる場所ですらわからなくなっていた。顔だけでなく足のつま先から頭のてっぺんまで熱いが、噴き出た汗を拭っている場合ではない。

「……先生、志乃ママを見たらわかると思います。志乃ママ、どこか先生に似ていますから」

　意を決したショウは、洟《はな》をすすってから言った。

「僕に似ているの？」

　まったく想像していなかったので、氷川の怒りが少しだけ削《そ》がれる。ショウの腕をぎゅっと摑んだまま、彼の目を凝視した。

　ショウは何度も頷いて、志乃の容貌を切々と語った。

「先生みたいにすっごく色が白くて、どこか寂しそうっていうのかな。黒目がちな目も似てる。先生が女だったら志乃ママみたいなんだと思う。志乃ママに妬《や》かないでください。組長は志乃ママが先生に似ていたから選んだんです。だから、ママとして店も持たせたんですよ」

「清和くんは今でもクラブ・竜胆に通っているの？」

　付き合いと称して初めて身体を重ねた女性のところに通っているとすれば、氷川の不安は募る。

「……そのっ」

　涙目のショウは氷川から目を逸《そ》らした。

「清和くんはせっせと志乃さんのところに通っているんだね？」

　ショウはひとしきり虚勢のような声を上げた後、覚悟を決めたのか、氷川をじっと見つめた。

「初めての女を粗末にしちゃ駄目なんです。どんなおばあちゃんになっても、初めての女を大切にしてこそ男なんですよ。それに志乃ママは出すぎません。よくできたママ、オフクロみたいなママですよ」

納得できないので、氷川の目は据わったままだ。

「………………」

「志乃ママ、組長と先生とのことを知って喜んでいました。組長に大切な方ができてよかったわね、って」

「それ、嫌味なのかな？　本気なのかな？」

氷川はずっと掴んでいたショウの腕を放したが、志乃の話は終わらせない。ショウも逃げようとはしなかった。

「本気だと思います」

そう言い切ったショウは自信に満ち溢れていた。

まだ見ぬ志乃という女性と自分とは格が違うような気がして、氷川はさらに複雑な気分になる。

そんな季節ではないというのに、ショウの額から汗が噴きでていた。

「どうして本気だって思うの？」

「志乃ママの様子を見ていればわかります」

ショウに嘘《うそ》をついている気配はないが、燃え盛っている氷川の嫉妬の炎は鎮《しず》まらない。

「僕も志乃ママと清和くんを見たいな」

自分に似ているならば会ってみたいとも思ったが、ショウは今にも倒れそうな顔で呻いた。

「……うっ」

「何もないなら僕に志乃ママを紹介できるよね」

ショウは氷川から視線を逸らすように、自分の顔を手で覆った。

「その……先生、志乃ママに何をするつもりですか？」

「ちょっと会うだけだ」

氷川は微《かす》かに残っていた理性を総動員させて優しい笑顔を作った。

ショウにしてみれば背筋が凍る氷川の微笑に違いない。今まで耐えていたものがぷっつりと切れたのか、ショウは大粒の涙をポロポロと零し、停《と》めていた黒塗りのベンツに突っ伏した。

「先生～ぇ」

どこか芝居がかっているショウの嘆きに動揺するほど、氷川は甘くない。清和に対する独占欲は半端《はんぱ》ではないのだ。

「どうして、泣くの」

氷川はショウの肩を摑んで自分のほうに向かせた。

「先生がいじめるから」

ショウは自分の右腕で涙が浮かんだ目を覆っている。肩を小刻みに震わせているが、同情する必要はない。

「僕はいじめてなんかいません」

「いじめっス」

氷川は涙目のショウとともに眞鍋第三ビルに向かった。部屋に着くまで、志乃についての詰問が続いたのは言うまでもない。

2

その日、夕食の支度をしていると清和《せいわ》が戻ってきた。

黒いスーツに身を包んだ美丈夫《びじょうふ》を見るだけで、氷川《ひかわ》の胸は熱くなる。志乃《しの》のことは口にしない。

「お帰りなさい」

氷川が清和の頬《ほお》に触れるだけのキスを落とした。

「ああ……」

清和は無口で話しかけなければ口を開かないし、感情が顔に出ない。けれど、氷川にはなんとなくだが、清和の感情がわかった。自分の姿を見ただけで、清和も心が和《なご》んでいる、と。

愛《いと》しさが込み上げてきて、もう一度、清和の頬にキスを落とした。ついでとばかりに、唇にも軽く触れる。

「清和くん、ごはんにする？　お風呂《ふろ》にする？」

どちらでも準備はできている。

「風呂に入る」

バスルームに向かう清和の後に氷川は続いた。

清和と初めて出会った時、彼はまだおむつをしていた可愛《かわい》い男の子だった。ぷっくりと膨らんでいた頬はシャープになり、紅葉《もみじ》のようだった手は大きくなり、氷川の腕の中にすっぽりと収まった小さな男の子は見違えるほど立派になった。しかし、氷川にとっては今でも可愛い清和なのだ。なんでもしてやりたくなってしまう。

「そう、じゃあ、背中を流してあげるね」

パウダールームでスーツの上着を脱いでいる清和のネクタイに、氷川は白い手を伸ばした。

「いい……」

清和はいつもと同じポーカーフェイスで口調も淡々としている。身に纏《まと》っている空気も変わらない。

「どうして？　髪の毛も洗ってあげるよ」

氷川は清和のネクタイを引き抜きながら言い返した。

「いや、いいから」

「どうして？」

白いシャツのボタンに手をかけたまま、氷川は怜悧《れいり》に整った愛しい男の顔をじっと見つめた。

「…………」

他人にはわからないだろうが、氷川には清和の心の内が手に取るようにわかる。

「僕と一緒にお風呂に入るのがいやなの？」

「……そうじゃない」

甲斐甲斐《かいがい》しい氷川をいやがっている気配はない。

「まさか、どこかで誰かと浮気してきたの？　ほら、女の匂《にお》いを消すためにすぐに風呂に入るとか？　いや、外でシャワーを浴びてきたことを隠すためにすぐに風呂に入るの？　パンツ、穿《は》き替《か》えた？」

悪い考えにぶち当たった氷川は、清和の広い胸に顔を埋《うず》めた。今夜は女と酒の匂いがしない。付き合いはなかったようだ。外でシャワーを浴びた様子もない。

「先生……」

「動かないで」

氷川の浮気チェックはなかなか厳しい。

「…………」

シャツを脱がせた後、ズボンのベルトを外し、下着のチェックも入念にする。

「今朝、僕が清和くんに穿かせたのだ。裏表にもなっていない」

今朝は氷川がいそいそと清和に下着と靴下を穿かせた。シャツのボタンを留めたのも、ネクタイを締めたのも氷川だ。

「浮気なんてしていない」

「じゃあ、どうして、僕と一緒にお風呂に入るのがいやなの？」

「…………」

氷川は身につけていたものをすべて脱ぐと、清和の手をひいて、湯気が立ち込めているバスルームに入った。

「清和くん、転ばないように」

「…………」

清和の舎弟の一人である信司《しんじ》の趣味で、広々としたバスルームも夢とロマンに溢《あふ》れている。ラブホテルのバスルームに見えないこともないが、氷川も清和も信司に文句はつけない。

玄関口もリビングルームもベッドルームも、いたるところピンク・花柄で徹底しているのだが、シャンプーやボディシャンプーは無香料のものだった。清和から甘い香りが漂ってきたら、眞鍋《まなべ》組の構成員は腰を抜かすだろう。無香料のシャンプーとボディシャンプーは不幸中の幸いかもしれない。

「清和くん、髪の毛から洗おうか。目を瞑《つむ》って」

椅子《いす》に座らせた清和に適温のシャワーを注ぐ。残酷なまでに若々しい身体《からだ》は水滴を弾いた。

「あ、シャンプーハットを買っておけばよかった」

「いらないから」

清和がポツリと呟《つぶや》くように漏らした。今さらながらに、氷川は極彩色の昇《のぼ》り龍《りゅう》を刻んだ男の歳《とし》を思い出す。

「あ、そうか」

「…………」

「もう十九歳だよね。でも、まだ十九歳だよ。未成年」

氷川は慈《いつく》しむように清和の髪の毛を洗った。信司が選んだ無香料のシャンプーは泡立ちがいい。

薄いピンクの壁にはめ込まれている大きな鏡は湯気で曇っていて、二人の姿を映さない。

「…………」

「僕が清和くんの歳の頃、まだ学生で悔しくて眠れなくなるくらい、なんの力もなかった。心の余裕すらなかったよ」

希望していた清水谷《しみずたに》学園大学の医学部に入学しても、医者になるためにはまだまだ勉強と努力が必要だった。大学生らしい遊びを、氷川はまったくしていない。

「そうか」

「笑うことができなかったな」

施設の前に捨てられていた赤ん坊は、長じて子供のいない氷川夫婦に跡取りとして引き取られた。だが、氷川夫婦に諦《あきら》めていた子供が生まれてから、氷川の境遇は一変した。一瞬にして、跡取りから無用の子供になったのだ。

しかし、氷川は孤独な己の境遇を嘆くことはあっても、くじけることは一度もなかった。楚々《そそ》とした外見とは裏腹に、氷川の芯《しん》は強い。だから、ここまでやってこられたのだ。

「先生が笑えなかったのか？」

幼い清和に向けていた氷川の笑顔が焼きついているらしく、清和は切れ長の目を見開いた。

氷川が自分に懐《なつ》いてくれる小さな清和に向けた笑顔は本物だ。

「うん、まぁ、作り笑いみたいなのはできていたかな。でも、心の底から笑ったことなんてなかったと思う」

辛《つら》かったが、愚痴っても仕方がないのでしない。それに、医者になるという目標は達成できた。決して安くはない医大の学費を出してくれた義父に、氷川は感謝していた。

「そうか」

「清和くん、シャンプーを流すから目を瞑って」

氷川は清和の髪の毛のシャンプーを洗い流した。それから、ボディシャンプーのボトルに手を伸ばす。

氷川は清和の大きな背中にある昇り龍が辛くてたまらない。心なしか、背中を洗う手の力が強くなった。どんなに強く擦《こす》っても刺青《いれずみ》は消えたりしないのに。

「………」

「ごめん、痛かった?」

氷川は濡《ぬ》れている清和の背中を優しく撫《な》でた。

「いや……」

「いい子だから、じっとしていてね」

「………」

氷川と一緒に入浴したら、子供扱いされることがわかっていたのだろう。すでに覚悟を決めていた清和は無言でじっと耐えている。

「清和くん、こっちを向いて」

清和は氷川の言うことに、決して逆らわない。外では屈強な極道を従える組長だが、家では姐《あね》さん女房の尻《しり》に敷かれている年下の夫だ。

氷川の視線の先には清和の逞《たくま》しい分身があった。どうしたって、無言でそこに手が伸びてしまう。

「……先生」

「こんなに大きいのが僕の中に入っているんだよね」

今さらながらに、氷川はしみじみとした感慨にふけってしまう。そんな気はなかったのだが、自然と手の中にいる清和を揉《も》んでしまった。

「…………」

「クラブ・竜胆《りんどう》の志乃さんの中にも入ったんだね」

胸に棘《とげ》のように刺さっていた女性の名前を口にすると、氷川は清和自身をぎゅっと握った。

「俺も男だから」

悪びれていない清和が憎たらしくなり、氷川は左右の手に力を込めた。

「何回？」

なんの回数を尋ねているのか、清和にはちゃんと通じている。切れ長の双眸《そうぼう》をすっと細めて、事務的な口調で答えた。

「先生に会うまでのことだ。先生と一緒になってからは何もない」

清和は真実を述べている。それは氷川にはよくわかる。が、鎮《しず》めようとしても鎮められない嫉妬心《しっとしん》はどうすることもできない。

「だから、何回？」

「………」

清和は押し黙ったまま、氷川の質問に決して答えようとしない。正直に答えても、正直に答えなくても、氷川がどうなるかわからないからだろう。

「覚えていられないくらい志乃さんの中に入ったの？　中学生だって聞いたけどいくつで？」

清和の分身を握り締めている氷川の手はますます凶暴になった。

「………」

「志乃さんに初めて会ったのが中学三年生の十五歳だとして、十九歳の今まで約四年間、ひと月に一度会って一回でも一年につき十二回で四年だから四十八回。最低でも四十八回はしてるんだね」

氷川は清和と志乃の最低回数を計算して、早口でまくし立てた。

「………」

そんな計算をするとは夢にも思っていなかったらしく、清和はとても驚いているようだが、氷川を詰《なじ》ったりはしない。

「清和くん？　志乃さんと四十八回以上したの？」

「……勘弁してくれ」

苦しそうにポツリと漏らした年下の亭主に、氷川の心は掻《か》き乱《みだ》された。

「今でもクラブ・竜胆に遊びに行っているんだね？」

クラブ・竜胆に行くなと言えないところが、氷川の年上たる所以《ゆえん》かもしれない。年上のプライドが微《かす》かに残っているようだ。

「クラブ・竜胆は付き合いで使っている」

清和はいつも『付き合い』と言うが、免罪符にはならない。

「クラブ・竜胆って清和くんがお金を出しているの？」

「そうだ。組長にはそういう店が必要なんだ」

眞鍋組の組長ともなれば自分の力を誇示するために、そういう店も必要だろう。言われてみればわからないこともないが、氷川にしてみれば釈然としない。面白くないなんてものではないのだ。

ポーカーフェイスの清和とは対照的に、憂いを含んだ氷川の綺麗《きれい》な顔はだんだん険しくなっていった。

「それって、清和くんの愛人っていうか、そういうヤツじゃないの？」

「愛人じゃない」

清和は首を振っているが、氷川は納得できなかった。

「じゃ、何？」

氷川の目は思い切り吊《つ》り上《あ》がっているが、清和はまったく動じていない。

「女っていうよりオフクロだ」

初めて身体を重ねた女性がどうして母親になるのか、氷川は理解できない。母親に縁がなかったからなのか、女性に縁がなかったからなのか、どちらかわからないけれども。

「オフクロって、オフクロさんは典子《のりこ》さんがいるでしょう」

清和には橘高《きったか》典子という、実の母親以上の母親がいる。無償の愛を注いでくれた典子がいたから、清和はいろいろな苦悩を乗り越えられたのだ。清和も壮絶な修羅《しゅら》と辛苦を背負っている。

「そのオフクロとはまた違ったオフクロみたいなもんだ。あっちもそうだと思う。志乃にとって俺は男じゃない」

清和が女性にとってどれだけ魅力的な男か、氷川はいやというほど知っている。学生の時から女性に人気があったとも、典子から聞いて知っていた。今でも清和の隣を狙《ねら》う女性は後を絶たない。

「そうかな?」

「そうだ」

「し、してもらったんでしょう?」

経験豊富な年上の女性に無垢《むく》な清和少年が何をしてもらったのか、想像したくないのに、想像してしまう。それからも、いろいろと機会はあったのに違いない。

「俺は彼女に男にしてもらったから、大事にしなければならない。だが、今はそんな関係じゃない。先生がどうしてそんなに妬《や》くのかわからない」

男は初めて抱いた女性を一生忘れないという。同僚である医者の間でも初めての女性の話題は何度も上がった。

「ぼ、僕が清和くんを男にしたかったたっ」

嫉妬にかられた氷川は、手により力を込めた。

「っ……」

急所を強く握られた清和が低い呻《うめ》き声《ごえ》を漏らしたので、氷川は左右の手を引いた。そして、清和の首に両手を回した。

「僕が清和くんの初めてになりたかったのに」

清和の削《そ》げた頰に紅潮した自分の頰を寄せる。

「そんなの、俺だって」

清和の腕が氷川の細い腰に回った。

「ん……」

「俺のほうがどんなに悔しいと思う?」

清和の腕と口調には凄《すさ》まじい嫉妬が込められていた。彼は氷川がほかの男と付き合っていたことを知っている。

「僕が中学生の時、清和くんはまだよちよちしてた。高校生の時はまだ小学生だったからね。……けど、僕も馬鹿《ばか》だったな」

当時十七歳だった氷川は、同性の同級生に引きずられるようにして関係を持った。寂しさにつけ込まれたのだ。同級生は彼女ができると、あっけないほど簡単に氷川から離れていった。綺麗な顔立ちをした氷川は、女の代用品でしかなかったのだ。

本気で深く愛してくれたのは清和が初めてである。

氷川は去っていった同級生を追うことはしなかった。

「俺はガキだったけど悔しくて仕方がなかった」

七歳の清和は陰で見ていることしかできなかったという。ランドセルを背負った七歳の小学生と十七歳の高校生の差は大きい。

「うん、僕は本当に馬鹿だったんだ。でも、僕も悔しいんだ」

ドロドロの感情をストレートに吐露すると、清和の唇に自分の唇を押し当てた。冷たいように見えるが、清和の唇はとても熱い。

トレードマークとなっているポーカーフェイスとは裏腹に、清和の下半身は熱を持っていた。何を求めているのか、氷川は確かめなくてもわかる。

「清和くん、いいよ」

左右の頬を薔薇色《ばらいろ》に染め上げた氷川は、清和の亀頭《きとう》を指の腹で優しく摩《さす》った。年下の男

の分身は脈を打ちながら大きくなっていく。大人の男の証拠だ。

「…………」

十代の血気盛んな若者が、愛しい者の身体を欲しがらないわけがない。だが、清和は圧倒的に身体的な負担が大きい氷川の身体をいつも慮《おもんぱか》っていた。理性を総動員させて自分の昂《たかぶ》りを鎮めようとしている。

野獣じみていると思っていた極道の素《す》の顔は、意外なほど紳士だ。いつでも清和は優しい。

「清和くん、いいよ。おいで」

我慢することなどない。欲しいなら欲しいだけ奪ってほしい。いくらでも与えたい。それなのに、清和は動こうとしない。

氷川は清和の手を引くと、湯を張ったバスタブの中に入った。そして、向かい合う形でぴったりと張りついた。

濡れているお互いの身体が微妙な感触で、氷川は清和の顎先《あごさき》を唇で掠《かす》める。広い背中に回した左右の腕で、動こうとしない清和を急《せ》かした。

「清和くん」

「…………」

清和は氷川と視線を合わせようとしない。氷川の背後に広がっている薄いピンクの壁をじっと見つめていた。

「清和くん、いやなの？」

清和の股間《こかん》の一物は猛々《たけだけ》しいままだが、氷川は不安になってしまう。

「そうじゃない」

どこか苦しそうな清和に、氷川はほっと胸を撫で下ろす。おそらく、清和は激しい葛藤《かっとう》をしている。頭の中で株価の予想でもしているのかもしれない。

「じゃあ、しよう」

氷川は軽く微笑《ほほえ》んで、清和の足の上に乗り上げた。熱を持っている清和の分身に自分の身体を擦りつける。

すると、苦しそうな清和の吐息が漏れた。

「…………」

「清和くん」

氷川は細い腰を揺すって、懸命に耐えている清和を煽《あお》った。湯の跳ねる音が、やけに響く。

「……貧血でも起こしたら」

清和の懸念《けねん》を、氷川は笑顔で流した。

「大丈夫」

氷川は清和の唇に触れるだけのキスを落とし、耳朶《みみたぶ》を軽く嚙《か》む。彼の身体は一段と熱くなったようだ。

「……………」

「風呂場でって、初めてだね」

今にも頂点を極めそうなほど熱く漲《みなぎ》った清和の肉塊が頼もしい。氷川の黒目がちな目は潤み、身体は期待と不安で甘く疼《うず》いていた。

「……先生」

氷川は自分の身体の最奥《さいおう》と、清和の分身を合わせる。入浴剤を落とした湯に浸《つ》かっているので、氷川の狭い秘部は柔らかくなっていたが、凶器にも似た逞しい彼の分身を受け入れるほどではない。それでも、清和と一刻も早く愛し合いたかった。

「早く」

清和の理性はここまでだった。

「いいんだな?」

「うん」

清和の切れ長の目がすっと細められると、逞しい二本の腕が、氷川の透き通るような白い肌に回る。

やたらと声が響くバスルームで、氷川は甘い吐息を漏らし続けた。

3

翌日は珍しくなんの予定もない休日だった。焼《や》き海苔《のり》を巻いた厚焼き卵と玄米ご飯の朝食を摂《と》ってから、氷川《ひかわ》と清和《せいわ》は買い物に出かける。グレーのシャツに袖《そで》を通した清和が、愛車のハンドルを器用に操《あやつ》った。

「あ、ショウくんと真里菜《まりな》ちゃんだ」

助手席に座っていた氷川は、ショウと腕を組んで歩く真里菜の姿を見つけた。世界は二人のためにある、と言っても過言ではないほどいちゃいちゃしている。冷やかすのも馬鹿《ばか》馬鹿《ばか》しい。

「いつまで保《も》つかな」

低い声でポツリと漏らした清和に、氷川は長い睫毛《まつげ》で縁取られた目を大きく揺らした。

「どういうこと？」

「ショウは女と続かない。いつも逃げられているんだ」

ショウの女関係は以前にも少し聞いた覚えがある。

「あんなに仲がよさそうだし、真里菜ちゃんは本当にショウくんが好きみたいだ」

ショウがひどいことをしない限り、真里菜は逃げたりしないだろう。氷川は心の底からそう思った。

「今度こそ、上手《うま》くいけばいいけどな」

「そうか……あ、清和くん、そのお店に入ろう」

安売りで評判のスーパーマーケットに入り、食材を物色する。健康第一を掲げている氷川は、清和の肉食嗜好《しこう》を完全に無視していた。

カートを無言で押す清和を、眞鍋《まなべ》組の組長だとは誰も思わないだろう。

自分の立場を理解している清和は、プライベートでも一人で出歩いたりしない。眞鍋随一の頭脳派にして清和の右腕であるリキこと松本力也《まつもとりきや》が、一定の距離を置いてガードしている。眞鍋の虎《とら》も今日はスーツではなく私服だが、どうしたって迫力は隠せない。家族連れが多い休日のスーパーマーケットで、異様なまでに浮いている。風船を持った幼い子供は、リキを見て泣きだしていた。

氷川は洗剤の特価品の前で立ち止まる。

「清和くん、うちに新聞の押し売りって来ないね」

新聞をまとめて取ると、もれなく洗剤がついてくる。氷川は洗剤に金を出したことはない。

「ああ」

「洗剤に金を出すのは悔しい」

氷川は洗剤を見つめたまま唇を噛《か》んだ。

「先生、洗剤ぐらいで……」

凜々《りり》しい眉《まゆ》を顰《ひそ》めた清和に構わず、氷川は洗剤の前でひとしきり悩んだ。氷川には慎《つつ》ましい生活が骨の髄まで叩《たた》き込《こ》まれている。

精算をすませて、スーパーマーケットの外に出た。

「あ、いい匂《にお》い」

心地よい秋の風に乗って、どこからともなくいい匂いが漂ってきた。『オーストリア・フェア』という企画が、スーパーマーケットの横にある広場で行われている。甘い菓子の屋台や飲み物の屋台、装飾品や民芸品の屋台がズラリと並んでいた。音楽の都と名高いウィーンで活躍した音楽家の曲が耳に優しい。

お祭りのような雰囲気に、氷川の心も弾んだ。

「清和くん、ちょっと寄ってみようよ」

「ああ」

買い物袋を左右の手に提げた清和は、軽い足取りで氷川の後に続いた。

「オーストリアのコーヒーって、美味《おい》しそうだね。飲んでいこうか」

「ああ」

屋台で香りのいいコーヒーを注文しようとした時、ローライズのデニムパンツを穿《は》いた女性に声をかけられた。

「あの、先生ですね?」

患者だと思い、氷川は緊張しつつ女性を見つめた。清和は無言で佇《たたず》んでいる。

「……はい」

「一度、事務所でお会いしているんですけど。来生柚子《きすぎゆずこ》っていいます」

昨日、三國《みくに》プロダクションで見かけた女性だ。とりたてて美人というわけではないし、格別スタイルがいいわけでもない。ショウの彼女の真里菜のほうが、ずっと華やかで綺麗《きれい》だった。よくよく見ると、そんなに若くもない。

「……あ、昨日のことですね」

「はい、昨日です。覚えていてくださってありがとうございます」

目を潤ませた柚子に手をぎゅっと握られて、氷川は面食《めんく》らったが怒ったりしない。

「……はぁ」

「女優は子供の頃からの夢でした。そんなの絶対に無理だって、両親や友達にはさんざん馬鹿にされたんです。私も無理かなって、諦《あきら》めて、二十三で結婚して、子供を産みました。でも、どうしても夢を諦められないんです」

堰《せき》を切ったように己について語りだした柚子には、鬼気迫るものがあった。氷川は柚子に手を握られたまま、引くことも押すこともできない。人形のように呆然《ぼうぜん》と立《た》ち竦《すく》んだままだ。

「……はぁ」

「夫と子供をおいて上京しました。もう夫のもとには帰れません。先生、よろしくお願いします」

夫と子供を捨ててまで芸能界を目指す柚子の気持ちが氷川には到底わからないが、あえて口にはしない。それに、柚子は氷川の職業を思い切り間違えている。カレンと同じように放送作家とでも思っているのかもしれない。

「……は」

「歳《とし》は二十九、見てのとおり若くありません。でも、演技力なら誰にも負けない自信があります。養成所でも高い評価を受けました。どんな役でも頑張ります」

ヒールを履いている柚子と、氷川の視線は同じだ。吐息が顔にかかるほど、柚子の顔が近づいた。ストレスだろうか、柚子の肌が荒れていて、頬に赤い吹き出物ができている。

ちなみに、柚子と同い年でハードな仕事をこなしている氷川の透き通るような白い肌は、なめらかできめが細かく、吹き出物もシミもなかった。

「…………」

「先生、私は後がないんです。お願いします。なんでもしますから」

アイメイクがきっちりと施された柚子の目が潤み、ポロポロと大粒の涙が次から次へと流れる。氷川も男ゆえ、女性の涙には弱かった。

「えっと……」

「先生、なんでも言ってください」

柚子に何をどのように言われても、氷川はどうすることもできない。低い声で唸《うな》っていると、見るに見かねたのか、終始無言で見守っていた清和が口を挟んだ。

「スカウトで三國プロに？」

「いいえ、去年の秋にあった三國プロダクションのオーディションを受けたんです。合格通知を貰《もら》って、すぐに家を出ました」

涙を指で拭《ぬぐ》う柚子には、清和の尋常ならざる迫力に怯《おび》えた様子がない。なかなか根性が据わっている。

「離婚したんですか？」

「離婚しました」

柚子には離婚という結婚の結末に後悔している様子はない。

「お子さんはいくつですか？」

「五つです」

清和はいつもの声音でズバリと言った。

「お子さん、可哀相《かわいそう》ですね」

柚子も自覚があるらしく、俯《うつむ》いたまま顔を上げようとしない。涙声で切々と語った。

「……息子には恨まれても仕方がないと思います。でも、私には私の人生があるんです。結婚して以来、私は毎日が地獄でした。炊事・洗濯に主人の両親の病院への送り迎え……私の時間は全然ないし、私が自由に使えるお金もありませんでした。もう、耐えるだけの日々はまっぴらです。やるだけやって駄目だったならば諦めがつきます。何もしないで夢を諦めたから悔しかったんです。死に物狂いで頑張りますから、よろしくお願いします」

清和と氷川は返事ができなかった。

「あの、先生は大きなビルで暮らしているんですよね？　眞鍋第三ビルですよね？　お掃除とかお洗濯とか大変ですよね？　よかったら、私、お食事作りますよ」

どうして柚子が氷川と清和の暮らしている場所を知っているのか、もしかしたら、氷川の後を尾行したのか、タレント志望の柚子の情念に清和も声を失っている。

「……いや」

「お食事、作らせてください。肉じゃが、お嫌いですか？」

柚子が腕を絡ませようとしたので、氷川は慌てて離れた。

「いや、いいから」

氷川が首を思い切り振ると、聞き覚えのある声が聞こえてきた。

「柚子ちゃん、こんなところで何をしているの？」

カリスマホストとして評判の京介《きょうすけ》が、コーヒーの紙コップとウィーン風のドーナツを手にしたリキと一緒に立っていた。

京介がいるだけでその場が圧倒的に華やぐ。夫や子供を連れている女性も還暦をとっくに過ぎている女性も、京介の美貌《びぼう》に息を呑《の》んでいる。買い物袋を提げている中年男や孫の手を引いている初老の男も、京介の容姿には視線を止めていた。

清和も人目を引くが、京介とはまた違う。

「京介さんこそ、どうしてこんなところに？」

柚子は京介の出現に驚いたらしく、涙は一瞬にして消《き》え失《う》せた。もしかしたら、女優魂のこもった涙だったのかもしれない。

「リフレッシュ」

京介は悪戯《いたずら》っ子《こ》のような笑みを浮かべると、横にいるリキが持っていたドーナツに齧《かじ》りついた。

リキはポーカーフェイスでコーヒーを飲んでいる。

オーストリア・フェアがカリスマホストと極道のリフレッシュの場とは無理があるが、京介はそれで押し切るようだ。

「カリスマホストの京介さんにスーパーは似合いませんね」

柚子はちゃんと京介の職業を知っていた。

「そうかな？　俺って結構庶民派なんだよ。それにザッハトルテは大好物」

京介は大きなケーキの箱を持っていた。太ることを気にしているのに甘いものが好きだと、氷川はショウから聞いたことがある。

「そうなんですか？」

京介は女性を虜《とりこ》にする優しい微笑を浮かべて、本題を切り出した。

「そうだよ。それでね、柚子ちゃん、三國社長は柚子ちゃんをどうやって売り出そうかって必死に考えてる。だから、勝手なことをしちゃ駄目だよ？　勝手なことをしたら三國社長は怒るよ？　社長、あんな顔してるけど怒ったら凄《すご》いよ？　俺もショウも手がつけられない」

「あ……」

京介が何を言おうとしているのか、柚子はちゃんと気づいた。口に手を当てて、固まっている。

「あ、肌が荒れてる。プロなのに駄目じゃないか。ちゃんとお手入れをしないと。マネージャーは何も言わないの？」

京介は柚子の肌を指して、筆で描いたような眉を思い切り顰めた。どこか芝居がかっているが、京介だと嫌味にならない。彼はどこまでも不思議な魅力に溢《あふ》れた男だ。外見の華やかさは二十歳《はたち》だが、実年齢以上の落ち着きと余裕がある。

清和が京介を眞鍋組の次期幹部候補として欲しがる気持ちは、氷川もわからないでもない。リキも京介の力を認めていることは明らかだった。

「お手入れ、ちゃんとしているんですけど」

「柚子ちゃん、お手入れをしても荒れるのか」

美容に注意していて肌が荒れるタレントというのも、些《いささ》か問題があるだろう。肌は女優の命でもあるのだから。

京介の溜《た》め息《いき》混じりの指摘に、柚子は慌てて首を振った。

「あ、その、ちょっとイライラしていたのでそのせいかもしれません」

「ストレスはお肌に悪いからね。ストレスを溜めないように」

柚子は十代の少女のような笑顔を浮かべて頷いた。

「はい」

「社長から聞いたと思うけど、テレビだと太って見えるんだ。前より痩《や》せたみたいだけど、もうちょっと痩せたほうがいいと思う。それからだよ」

京介は優しい笑顔と声音で、売り込む前の最低重要課題を柚子に説いた。

「はい」

「よかったら、送るよ」

京介はさりげなく柚子の肩を抱くと、駐車場に向かって歩き出した。

広場に流れていた曲がモーツァルトからウィーン少年合唱団の天使の歌声に変わった時、氷川は食べかけのドーナツとコーヒーを持っているリキに尋ねた。

「リキくん、今のはいったい何？」

リキは清和と目で会話を交わしつつ、氷川の質問に答えた。

「京介に借りができました。あいつはたまたまザッハトルテを買いにきたそうです」

幸運な偶然だった。氷川と清和だけでは柚子を上手くあしらえなかっただろう。リキでも難しかったはずだ。

「うん、それで？　京介くんも三國プロダクションを手伝っているの？」

「京介自身は三國プロに食い込んでいませんが、ショウや宇治《うじ》の関係で三國プロに出入りしているんですよ。タレント志望の男の中にはホストとして有望なのが何人もいるとか。ま、今はショウが京介に不義理をしているそうなんでなんとも言えませんがね。ショウ、女ができた途端、京介に一言の礼も言わずに家を出ていったそうです」

リキは話を終わらせようとしたが、氷川にはまだ知りたいことがあった。

「それで？　あの柚子さんは？」

「彼女、柚子さんは先生を放送作家だと思い込んでいるんです。先生に取り入って役を貰おうとしているんでしょう」

教授に取り入ろうとする医局員の姿が、柚子に重なって見えた。どの世界も表と裏があって、舞台裏は美しくない。

「無駄なのに……それに、放送作家ってそんな力があるの？　力があるのは監督とか、プロデューサーとか、ディレクターとか、そういう人じゃないの？」

氷川は放送作家がいかなる力を持っているのかわからない。知っているだけの芸能界における肩書を羅列した。

「さあ？　それは存じませんが、柚子さんが芸能界に並々ならぬ情念を抱いているのは確かです。今日、ここで会ったのは偶然かもしれませんが、住んでいるところを知られたのはショウのミスですね。たぶん、尾《つ》けられたんです」

ショウの名を口にしたリキには、常人には窺《うかが》い知《し》れない凄みがあった。尾行に気づかないなど、完全にショウの失態だ。

「柚子さん、眞鍋組のことは何も知らないんだね？」

「三國プロでショウがヤクザだと知っているのは社長の祐《たすく》だけです」

芸能界にはヤクザよりヤクザらしい関係者が多いので、ショウや宇治の素性が発覚することはまずない。

「でも、子供を捨ててまで女優になりたいなんて……僕には信じられないけど、そんなものなのかな。僕も捨て子だったからな」

大粒のぼたん雪が降りしきる日に施設の前に捨てるくらいならばどうして産んだのだ、

と氷川は顔も名前も知れない母親に問いたい。誰も答えてくれないが、何よりも知りたいことだ。

柚子のように芸能界でも目指していたのか。ふと、そんなことを考えてしまう。

「どちらにせよ、三國プロのタレントには注意してください。若いのから年寄りまで、評判がよくありません」

心なしか、リキの声のトーンが低くなった。

「三國プロのタレントはどう評判がよくないの？」

「自分の立場を弁《わきま》えていないと言いますか、態度だけ有名人と言いますか、申し訳ありません。言葉では上手く表せません」

リキは視線を氷川から外して話を終わらせた。三國プロダクションのタレントの評判を氷川に教えたくないのだ。

リキの気持ちに感づいた氷川は質問の内容を変えた。

「三國プロダクションは詐欺《さぎ》のプロダクションなの？」

真剣な顔の氷川の指摘に、リキは少しだけ目を曇らせた。

「詐欺じゃないと、祐もショウも言い張っています」

「やっぱり、詐欺プロダクションなの？」

「売り出す予定はあるそうです」

リキの言い回しから、ショウたちのやっていることは詐欺、もしくは詐欺に近いと想像する。どうしてやめさせないのか、氷川は不思議でならない。

「詐欺なんだね？　やめさせないの？」

氷川は首を傾《かし》げつつ、砂糖もミルクも入っていないコーヒーを飲んでいるリキに尋ねた。

「姐《あね》さん、コーヒーでも買ってきましょう。美味《うま》いですよ」

リキはコーヒーの紙コップをゴミ箱に捨てると、コーヒーの屋台を指した。

「ありがとう……って、リキくんは誤魔化《ごまか》そうとしているね」

コーヒーを買いに行ったリキの背を氷川が睨《にら》んだが、傍《かたわ》らでは清和が苦笑を漏らしていた。

「清和くん？　もし、ショウくんが詐欺を働いていたらやめさせてほしい。でも、ショウくんは罰しないでほしい」

どうしたって、氷川はショウには甘くなる。

清和は氷川の願いを退けたりしない。

「わかっている。ただ、祐のことは少し待て」

清和の口調から、祐を知っていることに気づいた。

「祐くんのこと、清和くんもリキくんもよく知っているの？」

「…………」

清和は無表情だったが、それが氷川の指摘を肯定していた。

「そうなんだね？　祐くん、安部《あべ》さんのことは昔からよく知っているって言ってたけど、その関係？」

「そんなところだ。安部には俺も可愛がってもらったんだ」

どんなに注意を払っていても、古いタイプの眞鍋組の構成員と新しい時代の波に乗ろうとする眞鍋組の構成員の間での、衝突は避けられない。古めかしい極道を体現しているような橘高並びに舎弟頭の安部が、眞鍋組を一枚岩にしようと躍起になっている。橘高にしろ安部にしろ、清和が提唱する新しい眞鍋組は理解できないに違いない。だが、組長である清和が決めた道だから従うのだ。

『組長が死ねと言ったら死ぬ』が、橘高と安部の信条である。

清和にしてみれば、橘高も安部もなくてはならない大切な男だ。口が裂けても『死ね』とは言わない。

リキが買ってきたコーヒーを飲んでから、二人は眞鍋第三ビルに向かった。

まだまだリキと清和を問い詰めたいが、生鮮食品を買ったので早く帰らなければならなかったのだ。今夜のメニューはマグロとイカと鯛《たい》の刺身に決まっている。

眞鍋第三ビルの駐車場に着き、氷川と清和が車から降りると、柱の陰から白髪頭《しらがあたま》の老人がやってきた。

「先生、五分でいいのでお時間をいただけないでしょうか」

一瞬、患者だと思ったが違う。昨日、喜多村《きたむら》ビルの階段で会った三國プロダクションに所属している俳優だ。ショウと親しそうに言葉を交わしていた。

「あ……と、三四郎《さんしろう》さんでしたっけ？」

チャイニーズ・マフィアとの抗争以来、この眞鍋第三ビルの警備は一段と厳しくなっていて、部外者は容易に入れない。突如として現れた三四郎に清和は驚き、背後からやってきたリキと目を見合わせている。

「はい、三國プロダクションに所属している大畑《おおはた》三四郎です。少しでいいのでお時間をくださいませんか？」

「っと……」

三四郎も氷川を放送作家と間違えているのか、それならば話の内容は先ほどの柚子と同じか、そもそもどうしてこの場所を知っているのだ、と危険を感じた氷川は、清和に視線を投げた。

清和は手にしていた買い物袋を床に置くと、リキに耳打ちする。リキは携帯電話を取り出すと、車の後方に下がった。

「先生、少しでいいのです。お願いします」

白髪頭の老人に両手を合わせて拝まれたら、拒むことはいかにしてもできない。

「三四郎さん、どうされたんですか？」

「先生、近くの店でお茶でも飲みながら」

三四郎の希望どおりにしたら、どんな話に進むのかわからない。中座で去ることはできないだろう。

「すみません、急いでいますのでここでお願いします」

氷川は腕時計で時間を確かめるポーズを、三四郎の前で取った。

「そうですか、それでは……その、私は定年後の人生のすべてを役者という仕事にかけているんです」

三四郎は若い頃から役者の道を進んできたのではなく、第二の人生で役者を選んだらしい。

そういう人生もあるだろう、と氷川は漠然と思った。

「そうなんですか」

「長年、家族のために必死になって働いてきたのに定年になった途端、女房に離婚届を突きつけられました。まさに、青天《せいてん》の霹靂《へきれき》でした」

現在、巷《ちまた》を賑《にぎ》わせている熟年離婚の経験者である三四郎には、そこはかとない哀愁が漂っていた。

「はぁ……」

話の意外な展開に、氷川は動揺を隠せない。

「何もする気がなくなって風呂にすら入らず過ごしていました。でも、女房と子供に馬鹿にされたまま終わりたくはありません。年齢制限のない三國プロのオーディションを見た時は『これだ』と思いました。社長は私の熱意を汲《く》み取《と》ってくれたと思います」

もし、三國プロダクションに騙《だま》されているとしたら、三四郎はどうなるのだろう。それを考えると、氷川は恐ろしくてたまらなくなる。

「は……」

「レッスンは今でも真面目《まじめ》に通っていますし、現在、各方面で活躍しているシニアタレントに匹敵するだけの実力はつけています。それなのに、一向に仕事が入らないのはどういうことでしょうか？」

三國プロダクションが詐欺行為を働いている事務所だったならば、どんなに待っても仕事は入ってこないだろう。

「う……」

氷川の背筋に冷たいものが走り、顔は一瞬のうちに青くなっていった。

「どう考えても私のほうが似合う役なのに、私ではなく、ほかの役者が演じているケースも多い。こんな腹立たしいことはありません」

「……は」

「三國プロは設立してまだ日が浅く、力のない事務所だとお聞きしました。三國社長もまだお若くて力がないとか。それでも、なんとかして、仕事を取ってくるのが事務所の役目でしょう。どうなっているんですか？」

三四郎の目は血走っていて、今にも血管が切れて倒れてもおかしくないほど興奮している。下手《へた》に刺激してはいけないと、氷川は内科医として判断した。それに、氷川は三國プロダクションについては何も答えられない。

「僕に訊《き》かれても……」

「先生以外、お訊きする方がいないんです」

血圧が危険なほど上がったと思われる三四郎に肩をがしっと摑《つか》まれた時、背後から祐の怒気を含んだ声が聞こえてきた。

「三四郎さん、こんなところで先生に何を言っているんですか。お気持ちはわかりますが、困りますよ」

眉を顰めている祐の顔を見た途端、三四郎の顔から瞬く間に血の気が引いていった。

「社長……」

「俺を信じてくれませんか？　若輩者《じゃくはいもの》ですが、十代の頃から芸能界に関《かか》わっています。この世界のことをちょっとは知っているつもりですので……事務所に行きましょう」

三四郎は温和な笑みを浮かべている祐に連れられて、駐車場から出ていく。二人の姿が見えなくなったことを確認した氷川は、大きな溜め息をついた。

「リキくんが祐くん呼んだの？」

下手に口を挟んでも逆効果だと、リキも清和も即座に判断したのだ。

「そうだ」

「僕、芸能界とかそういうのはまるでわからないんだけど、もう、本当に凄いね」

ああいうパワーと情熱がないと、魑魅魍魎《ちみもうりょう》が跋扈《ばっこ》すると言われている芸能界では生きていけないのかもしれない。

「そうだな。ここがヤクザのビルだと知らずに乗り込んだんだろうが、今朝、警備員に見つかって追い返されているんだ。どうやって駐車場に潜り込んだのか、誰もわからないらしい。監視カメラに映らなかったというが、見張りが見落としたのかもしれないな」

眞鍋組の構成員でもあるビルの警備員は、単に老人がどこかのビルと間違えて入ってきたのだとばかり思ったという。今朝、三四郎は惚《ほう》けていたそうだ。

「三四郎さん、もう、なんて言ったらいいのか」

「もう一度、警備を見直す必要がある」

氷川と清和はエレベーターで十七階に上がり、男所帯とは思えないほど可愛らしいもので揃《そろ》えられている部屋に入った。

「清和くん、トイレットペーパーをトイレの棚に入れておいて」

「わかった」

台所で冷蔵庫に食材を入れていると、来客を知らせるインターホンが鳴り響く。応対した清和がロックを解除した。

「ボン、どこの新婚さんの部屋だ」

部屋に初めて足を踏み入れた橘高が、玄関口で目を丸くしていた。橘高の隣には彼に勝るとも劣らない迫力を持つ安部がいる。橘高と安部という眞鍋組で最高に重い看板が二枚揃うと、夢とロマンに溢れた部屋は任侠《にんきょう》映画のワンシーンに変わった。彼らの貫禄《かんろく》は何物にも揺るがない。

「俺に言わないでくれ」

広々としたリビングルームに入ってきた橘高は、まじまじと辺りを見回した。壁紙は白地にピンクの花柄で、フローリングの床に敷かれているカーペットは淡い色合いのピンク、それだけでも気恥ずかしいほど可憐だ。部屋の端には誰も触らない白いグランドピアノがあった。

「姐さんの趣味か？」

この可愛らしいインテリアが、海千山千《うみせんやません》の極道を従えている清和の趣味だと、誰も思わないだろう。橘高のもっともな質問に、清和はいつもの声音で答えた。

「信司が揃えたんだ」

「ああ、あの信司か……」

一風変わっている信司のことは橘高の耳にも届いているらしく、すぐに納得していた。

「姐さん、邪魔するぞ」

橘高と安部、いろいろな意味で最高の重量級コンビは、花柄模様のソファに腰を下ろした。安部はソファにちょこんと座っているウサギのぬいぐるみのカップルを、なんとも言《い》い難《がた》い表情で凝視している。

「お久しぶりです」

氷川は人数分のコーヒーを猫脚のテーブルに置いた。慣れたのか、橘高は花柄のコーヒーカップやデザート皿にはもう何も言わない。

「姐さん、安部が話があるそうなんだ。ま、聞いてやってくれ」

橘高は隣に座っている安部と氷川を交互に見つめた。

「姐さん、この度は桝田《ますだ》祐……いえ、ここでは三國祐ですか、奴《やつ》のことでご迷惑をかけて申し訳ございません」

ソファから立ち上がり、深々と腰を折る安部に氷川は面食らった。

「驚きましたけど迷惑じゃありません。安部さん、座ってください」

ソファにどっしりと座り直した安部は、大きな溜め息をついた。身に纏《まと》っている空気もいつもと違ってまったく覇気がない。

「リキから話を聞いて、参りました。どうも、祐は危ない橋を渡っているようです。ショウも祐でなきゃ、肩入れしなかったんでしょうが」

祐の詐欺行為を知っても、眞鍋組の最高幹部並びに組長は非難している気配がない。清和など真っ先に糾弾《きゅうだん》しそうなのに。

「祐くんはいったい？」

「俺が祐の人生を狂わせてしまったんです」

きっぱりと言い切った安部は辛《つら》そうだったが、清々《すがすが》しいまでに潔《いさぎよ》い。氷川は驚愕《きょうがく》で目を見開いた。

「……え？」

「聞いてくださいますか？　今から二十三年前のことです。当時、俺は普通のサラリーマンでした。今の俺からは想像できないかもしれませんが、眞鍋組ともヤクザともなんの関係もないカタギだったんですよ」

安部はどこか遠い目で過去を語りだした。

勤めていた会社の経営が傾き、内情に気づいためぼしい社員は次々に退職していったという。倒産寸前だと知りつつも会社に残り、社長の手足となって働いたのが安部だ。その頃、安部は何人分もの仕事を一人でこなし、オーバーワークでいつ倒れてもおかしくない状態だった。独身だったこともあるが、無茶のうえに無茶を重ねたのだ。

そして、運命の日がやってきた。

徹夜が三日続き、安部は車を運転している最中に何度も眠気に襲われていたが、必死になって起きていた。しかし、いきなり車の前に飛び出してきた小さな女の子を轢《ひ》いてしまった。

もし、あの時、欠伸《あくび》を嚙み殺し、涙目を擦《こす》っていなかったら、事故は防げたかもしれない。

おかっぱ頭の女の子の名前は橋本《はしもと》佳世《かよ》、歳は五歳、都内の有名な私立の幼稚園に通っていた。

安部は誠心誠意、幼い女の子の両親に謝罪した。

どんなに謝罪を繰り返しても、可愛い盛りの子供を一瞬にして失った母親が許すはずがない。

安部が勤めていた会社の社長の古い知り合いに橋高がいた。

そこで、社長は橋高に丸く収めてくれるように依頼した。社長は安部に無理をさせたことを痛感していたのだ。

橋本佳世の通夜《つや》で、沈痛な面持ちの安部は橋高に言った。

『俺がどんなことをされても手を出さないでください』

安部の真摯《しんし》な目に、橋高は口元を軽く歪《ゆが》めた。

『あの奥さん、包丁を持って飛びかかってくるかもしれない。それでもか？』

『そうです、俺が殺されそうになってても手を出さないでください。たとえ、俺が殺されても奥さんに罪はありません』

生真面目で責任感の強い安部の心に、橋高は少なからず感動したらしい。

『飲酒運転で子供を轢き殺しても、いろいろな理由をつけて逃げやがる奴が多いのに』

交通事故では被害者が一方的に被害を被るケースが多い。誠意の欠片《かけら》もない加害者に怒った被害者の家族が、眞鍋組の門を叩くこともあった。橋高もそうだが、清和の実父である初代眞鍋組組長も義理と仁義の極道として名を通していたのだ。

橋高の予想どおり、通夜の席で、泣《な》き濡《ぬ》れた橋本佳世の母親である橋本知世《ともよ》は果物ナイフを安部の腹部に突き刺した。

『人殺し、佳世ちゃんを返してーっ』

安部は低く呻《うめ》くと激痛に耐えながら謝罪した。

『すみませんでした』

『返してっ』

『申し訳ありませんでした』

避《よ》けようと思えば避けられたのに、安部は甘んじて知世の刃《やいば》を身体で受け、橘高はそれを無言で見守っていた。

娘を亡《な》くした父親は、安部の誠意ある謝罪で態度を軟化させていた。

それでも、知世の意思で示談ではすませることはできない。安部も示談は望まず、自ら進んで罪を償った。

刑務所から出てきた安部に、真っ先に声をかけたのが橘高だ。

安部もことあるごとに服役中に面会に来てくれた橘高に心を寄せていた。

これが橘高と安部の出会いだ。

「そうだったんですか」

固い絆《きずな》で結ばれている安部と橘高の二人の出会いを知った氷川は、黒目がちな目を感動と悲しみでゆらゆらと揺らした。

「俺はあの事故以来、一度も車の運転をしていない。こともあろうに、橘高顧問に車を運転してもらったこともある」

本来ならば車の運転は舎弟の仕事だ。しかし、安部の後悔を知っている橘高は自分でハンドルを握った。眞鍋組の初代組長もほかの最高幹部も安部を詰《なじ》らなかった。

「事故の加害者がみんな安部さんみたいな方だったら、悲しい揉《も》め事《ごと》も少なくなると思います」

交通事故がさらなる不幸と悲劇を運ぶことは、氷川もいやというほどよく知っている。

「俺が悪かった。それがすべてなんだ」

奥さんの目の前で子供を轢いてしまったんだ、と安部は悔いても悔やみきれない過去を悔やんでいた。

そこで、氷川は祐と安部の関係に気づいた。

「もしかして、祐くんは……」

「そうです。その女の子の弟が祐です。当時一歳でした。橋本夫妻は仲のいい夫婦だったそうなんですが、離婚してしまいました。原因はあの事故です」

妻である知世は毎日、亡くなった娘を思って泣いていた。雨が降ると墓地に行き、娘の墓に傘を差したものだ。家事どころか幼い祐の育児もせず、ただ、嘆き続けた。自分の目の前で逝《い》かせてしまっただけにダメージが大きいのだ。無力な幼い娘を助けてやれなかった、と。

夫である武《たけし》も幼い娘を思って嘆いたが、明日に向かって歩き出していた。武には養わなければならない家族がいた。もう一人、子供を作ろうと知世に提案した。

そんな武を『冷たい』と非難したのが知世だ。

子供が不幸な事件などで亡くなると、その夫婦の多くが離婚してしまうが、橋本夫妻も祐が三歳になるかならないかの時に別れた。祐は母親である知世に引き取られたのに伴い、名前も橋本祐から桝田祐に変わった。

明けない夜はないというけれども、知世の夜はなかなか明けず、実家に戻っても彼女は娘の遺影の前で泣き続けるばかりだった。

祐の養育費は微々たるものだし、離婚の際に慰謝料も貰っていない。実家には老いた母親である桝田文世《ふみよ》がいるだけで、財産らしきものはまったくなかった。すぐに、生活が苦しくなったが、それぞれ独立している知世の兄弟は誰も助けてはくれなかった。

生活保護と老いた文世の年金で細々と暮らすには限度がある。

出所後、安部は知世にどんなに罵倒されようとも、命日には必ず桝田家を訪れた。そして、逼迫《ひっぱく》した経済状況を知った。

安部はかつて文世の夫の世話になった者という架空の人物を作り上げて、三人が生活できる金を送り始めた。

毎月、欠かさずに送られてくる金の送り主に、文世はうすうす気づいていた。けれど、気づかないふりをして、手書きの礼状を何度もしたためた。

幼かった祐もいつまでも子供ではない。自分たちの生活が誰に支えられているかわかるようになっていた。いつしか、律儀《りちぎ》な安部に情を持つようになっていた。父親を満足に知らない祐は、安部に父親の面影を見たのだ。

友人が父親と海や山に遊びに行くのを見た祐は、安部に強請《ねだ》った。安部は祐を連れて海や山に向かった。

『おじちゃん、誠《まこと》くんがお父さんと海に行ったんだって。僕も行きたい。連れてってよ』

『そうか、行くか』

安部は結婚もせず、独身だった。それこそ、本当の息子のように祐を可愛がった。大学の学費も無言で出している。金銭的なことだけでなく、安部は陰からいろいろな援助をしていた。

勤めていた芸能プロダクションを退職した去年の晩夏に、祖母の文世が亡くなった。その時、祐は突拍子もないことを口にした。

『安部さん、ヤクザなんでしょう？　知ってるよ』

隠すつもりもないが自ら言う必要もないと思っていたので、安部は自分の職業を祐に告げていなかった。だが、もう知っていると予想していたので驚かない。

『ああ、そうだ』

『俺もヤクザになる。眞鍋組に入れて』

花のような笑顔で修羅の世界に飛び込もうとする祐に、安部はむせかえった。

『……はっ？』

『俺、こんな顔してるけど役に立つよ』

安部は祐を極道にする気などまったくない。もし、祐がヤクザになったら、母親の知世は嘆く。

『馬鹿野郎』

『どうして？　俺はいい組員になるよ？　一度、試してみてよ』

安部の後をついて回る祐に、安部自身も橋高もお手上げ状態だった。清和は祐の気持ちがわかるという。

「安部が結婚もせず、女も作らないのは祐の家族がいたからさ。安部は金をシノぐのが下手なんだ。たいしたシノギじゃないのに、毎月、毎月、充分すぎる金を送ってきた安部を、祐は助けてやりたいのさ。祐は安部のためにヤクザになろうとしている。そういう奴は強い。だから、俺は組員として祐がほしい。祐はリキを尊敬している。安部、祐をリキに預けたらどうだ？」

今の極道は持っている金でその力を測られる。橋高は誰もが認める極道だが、金儲《かねもう》けは下手だった。清和は橋高を助けるために修羅の世界に身を投じたようなものだ。

だから、清和は祐の気持ちが痛いほどわかる。

「組長が黒いカラスを白と言ったらカラスは白だが、それだけは勘弁してくれ。祐をヤクザにはしない」

安部が頭を下げると、隣にいた橘高も顔の目の前で右手を振る。勘弁してやってくれ、と訴えているのだ。

「祐がほかの組に入ったらどうするんだ？」

清和の脅《おど》しにもならないハッタリを、安部は笑い飛ばした。

「それはないだろう」

「……ま、そうだろうな」

祐は安部を助けたいのであって、ヤクザになりたいわけではない。それは誰もが知っている。

「あの胡散臭《うさんくさ》い芸能プロダクションはやめさせないと……俺が言っても、祐は聞きゃしねぇ。ショウの奴、あいつもだ」

どこか、安部は荒れる子供に参っている父親のようだった。

「ショウも祐の気持ちがわかるからだろう」

安部の後をついて回った祐を知っているので、ショウもついつい甘くなるらしい。もっとも、祐は二十四歳、ショウより年上だが。

照れくさそうに頭を掻《か》いた安部は、氷川に視線を投げた。

「あ～っ、姐さん、とりあえず、すみません」

「はい、気にしないでください」

優しい微笑を浮かべた氷川は、首を左右に大きく振った。

「もしよかったら、祐にまっとうな仕事をするように言ってやってください。あいつ、頭はいいんですよ。人当たりもいいし、まだまだ若いからいくらでもいい仕事はあると思うんだ」

「そうですね、言います。祐くんをヤクザにしてはいけません」

氷川は苦悩している安部の気持ちがよくわかる。今でも清和を修羅の世界から連れ戻したくてたまらないのだから。

「そうです、お願いします。どうか言ってやってくだせぇ。祐のオフクロさんをあれ以上、泣かせたくないんです」

「娘さんを事故で亡くした後に息子さんがヤクザなんて……気の毒すぎます」

氷川と安部は固く手を握り合った。

橘高と清和は苦笑を漏らしつつ、その光景を無言で眺めていた。

4

翌日の朝食後、清和《せいわ》のネクタイを締めているとインターホンが鳴った。送迎係のショウがやってきたのだ。

「おはようございます」

玄関口に立ったショウは深々と頭を下げた。色の濃いシャツと黒の革のパンツを身につけているので、今朝のショウに極道の匂《にお》いはあまりない。チンピラというより若者の街を闊歩《かっぽ》しているヤンキーだ。

「ショウくん、目立つよ」

ショウの首筋にそれとわかる紅《あか》い跡がべったりとついていた。たぶん、同棲《どうせい》している真里菜《まりな》がつけたのだろう。

「……え？」

何を言われたのかわからなかったらしく、ショウは目を丸くしていた。

「首筋」

氷川《ひかわ》が首筋のキスマークを人差し指でつつくと、ショウは照れ隠しのような笑いを披露した。

「え？　ああ、はっはっはっはははははははは～っ」

「シャツには口紅がついてる」

氷川は苦笑を漏らしながら、シャツについているピンクの口紅を指した。

「ああ、その、満員電車でつけられて」

柄でもなく照れているのか、ショウは完全に嘘《うそ》だとわかる言い訳を口にした。

「電車なんて乗っていないくせに」

ショウの移動はバイクか車で、電車に乗ることは滅多にない。

「ははははははははははは～っ、それじゃ、先生、行きましょうか」

ショウの身体《からだ》から甘い女の香りが漂ってきた。もしかしたら、真里菜がなかなか放してくれなかったのかもしれない。

「ショウくん、元気だね」

「そりゃあ、もう……」

真里菜との生活が楽しいのか、ショウの顔はだらしなく緩んでいる。氷川の背後で会話を聞いていた清和が低い声で釘《くぎ》を刺した。

「ショウ、京介《きょうすけ》にちゃんと礼は言ったんだな？」

京介の名前を聞いた途端、ショウは憮然《ぶぜん》とした。

「はっ、あんなのに……」

ショウの態度に唖然《あぜん》としたのは、氷川だけではない。清和も表情こそは変わっていないが、明らかに呆《あき》れていた。

「おい、どれだけ京介に世話になったと思っているんだ。それに、また、京介の世話になるかもしれないだろう?」

辛辣《しんらつ》というか、女に逃げられては京介に泣きつくショウの過去をよく知っているというか、清和がもっともな注意をする。

ショウは顔を派手に歪《ゆが》めて、固く握った拳《こぶし》を振り回した。

「組長、縁起でもないことを言わないでください。今回は大丈夫っス。真里菜は俺に夢中っス」

ショウが見栄を張っているわけではないことは、一昨日《おととい》、真里菜と接した氷川にはわかっていた。真里菜はショウしか視界に入っていない。

「毎回、毎回、付き合い始めはそう言っていたよな」

「今回は大丈夫っスよ。見ててください。もう京介なんかの世話にならなくてもいいっスから」

仁王立《におうだ》ちで宣言したショウに、それ以上、清和は言わなかった。氷川もあえて何も口にせずに、エレベーターで駐車場に下りる。

ショウがハンドルを握る黒塗りのベンツは、朝靄《あさもや》がかかった眞鍋《まなべ》組のシマをあっという間に通り抜け、氷川の勤務先である明和《めいわ》病院に向かう。街には秋の風物詩がいたるところに飾られていた。

「ショウくん、京介くんに真里菜ちゃんを紹介した？」

「まだです」

ショウはハンドルを左に切りながら答えた。

「紹介しないのか？」

「落ち着いてからですね」

ショウも今はまだそういう時ではないという自覚はあるらしい。

「ショウくん、なんでもいいけど、京介くんにお礼の一言ぐらい言っておこうね」

「はいはい」

ショウの口ぶりから京介に不義理をしているだろうと察する。ショウと京介の関係は傍《はた》目《め》から見ても不思議だ。

「ショウくんと京介くんて不思議」

「そうっスか？」

そうこうしているうちに、明和病院の白い建物が赤く染まりかけた木々の間に見えてくる。

いつもの場所で車を降りて、病院に向かった。

せわしない午前診を終え、医局で遅い昼食を摂《と》る。

仕出しの弁当をもそもそと食べていると、疲労困憊《ひろうこんぱい》といった風情《ふぜい》がありありと漂っている外科医の深津達也《ふかつたつや》が医局に入ってきた。

深津は大きな溜め息《いき》をついた後、仕出し弁当とカップのヤキソバとメロンパンを掻《か》きこむように食べる。MRが机に置いていったクッキーも口に放《ほう》り込《こ》んだ。それでも食べたりないらしく、机の引き出しに入れていたカップラーメンに熱湯を注いだ。

深津は医者には珍しい長身の二枚目で、院内の女性の人気は抜群だ。外科医らしいというか、些《いささ》か癖があるものの基本的には医者独特のいやらしさがなくて、気持ちがいいほどサバサバしている。氷川も好意を持っている医者だ。向こうも同じ気持ちらしく、機会があるごとに声をかけてくる。

「氷川先生、タレントとかそういうのにスカウトされたことあるか？」

なんの前触れもなく、深津が思いがけない話を切り出してきたので、氷川は戸惑いつつ答えた。

「ないです」

「そうか」

深津自身、タレントと言っても差《さ》し支《つか》えないルックスをしているが、そういう類《たぐい》のものにはいっさい興味がない。

「どうかされたんですか？」

「いやね、俺の中学時代の先輩の娘さんが東京に遊びに来て、芸能プロダクションにスカウトされたんだ。娘さんは家に帰らないとか、タレントになるとか、どんなに先輩が言っても聞かない。挙げ句の果てには奥さんまで、娘をタレントにしようと張り切りだした。いわゆる、ステージママに大変身」

妻子を追って上京した先輩が俺の部屋で毎晩自棄酒《やけざけ》を食《く》らっている、と深津は重苦しい現在をポロリと漏らした。

「は……」

「ぽっと出の田舎《いなか》の女の子が東京に出てきて舞い上がったのかな？　俺もド田舎から出てきたんで、娘さんの気持ちもわからないではないんだが」

深津は猪《いのしし》や狸《たぬき》が出没する田舎から進学のために上京してきた勤労学生で、医者の親にレールを敷かれたお坊ちゃまＤｒ．ではない。氷川は努力の上に努力を重ねたが、深津も血の滲《にじ》むような努力をしているはずだ。

「そうですか、心配ですね」

「でもさ、その娘さん、先輩には悪いんだが、全然可愛《かわい》くないんだ。はっきり言って、ブスキャラなんだ。今はブスキャラが人気なのか?」

絶世の美女が脇役《わきやく》に回り、美人とは口が裂けても言えない女性が主演のテレビドラマがある。単なる美女というだけでは、タレントとして成功しないという一説もあった。

「僕に訊《き》かれても……」

「スカウトっていっても、登録料とかレッスン料とか、いろいろと金がいるそうだ。娘さんと奥さんは貯金を使い果たしたって。それでタレントとして成功しなかったらどうするんだよ」

深津の口調から芸能プロダクションに対する不信感を感じる。

「それ、もしかして、詐欺《さぎ》? なんて名前のプロダクションですか?」

登録料とレッスン料を搾《しぼ》り取《と》るだけ搾り取る詐欺ではないのか、と氷川の言葉は口にしなくても深津には通じていた。

「ベッキーズ・プロだってさ。知っているか?」

「ベッキーズ・プロ、初めて聞く名前です」

「ベッキーズ・プロのベッキーちゃん、俺も詐欺じゃないかと思った。先輩と一緒に奥さんと娘さんを説得しようとしたけど駄目だ。参ったぜ」

「は……」

「それでなくても、今、とんでもない患者が多いっていうのに」

　病院付近に広がっている高級住宅街の住人が患者の大半なので、いろいろな意味で医者も看護師も大変だ。特権階級に属しているブルジョワは、場所が病院であっても自分の権力を行使しようとする。自分の健康を医者任せにする患者に医者がどれだけ苦労しているか、氷川は筆舌に尽くし難い。

「そちらもですか」

「テレビの健康番組に毒された患者には参った」

　テレビの健康番組を自分の都合のいいように解釈して、医者に熱弁を振るう患者が少なくない。『ワインは身体にいいからいくら飲んでもいいんだ。医者のくせにそんなことも知らないのか』と言って、毎日、値の張るワインを五本以上飲んでいる生活習慣病患者には氷川も辟易《へきえき》していた。

「わかります」

　病棟から連絡が入ったので、深津はカップラーメンを流し込むと出ていく。氷川も医事課から回された診断書に記入してから、病棟を回った。

ロッカールームでショウにメールを打ち、いつもの待ち合わせ場所に行く。すると、どこにいたのか、すでに氷川用の黒塗りのベンツが停《と》まっていた。中からショウが現れて、氷川のために後部座席のドアを開ける。

たわいもない話をしているうちに、禍々《まがまが》しいネオンがギラギラと輝いている眞鍋組のシマに入った。

赤ら顔の中年のサラリーマンの団体がキャバクラの扉に吸い込まれるように消えていき、着飾った夜の蝶《ちょう》は行き交う男たちを店に呼び込もうと懸命に色気を振りまいている。親子ほど歳《とし》の離れた男女は、ラブホテルが林立している通りに向かっていた。平日の夜とあって少々寂しいが、いつもと変わらない夜だ。

「ショウくん、喜多村《きたむら》ビルに行って」

ショウの第一の仕事は氷川のガードではなく浮気の見張りだ。氷川自身にその気がなくても、清和の顔を潰《つぶ》すためだけに氷川に近づく者がいる。

「どうしてですか？」

ショウはスピードを落として尋ねてきた。

「祐《たすく》くんに会いたいんだ」

「呼べば第三ビルに来ると思いますよ。呼びましょうか？」

「事務所で会いたい」

氷川の言葉の裏にある思いを汲《く》み取《と》ったらしく、ショウは恐る恐る確認するように言った。

「あの……もしかして、誰かから何か言われましたか」

「みんな、祐くんには甘い？」

祐の身の上だけでなく、安部《あべ》を慕う姿に、眞鍋組の者たちの感覚が鈍っているのかもしれない。眞鍋組において安部の存在が大きいこともあるだろう。

「そういうわけじゃないんですが、その、祐さんの気持ちがわかるんですよ。それに、安部さんを思って、いじらしいっていうか、なんていうか」

「ヤクザになろうなんて、とんでもない」

氷川が車窓を眺めて、軽く凄《すご》んだ。三國《みくに》プロダクションが入っている喜多村ビルが遠くに見える。

「……その」

「ヤクザは駄目」

「…………」

ハンドルに手を添えたショウが前傾姿勢で固まった時、小さな男の子が一人で泣いている姿が視界に入った。誰も幼い男の子に声をかけようとしない。風俗店の看板を持っている初老の男は声をかけるか迷っているようだが、若い男性の団体が通りかかると、そちらのほうに行ってしまった。

「ショウくん、そこでいい。停めて」

車から降りた氷川は泣きじゃくっている男の子の前に屈《かが》み、目線を同じ高さにしてから声をかけた。

「どうしたの？」

「……ママ」

大粒の涙をぽろぽろと零《こぼ》している男の子は、風に消えそうな小さな声で言った。

「ママと一緒にここに来たの？」

氷川はポケットから取り出したハンカチで男の子の涙を拭《ぬぐ》う。小さな彼は、しゃくりあげながら答えた。

「ママに会いに来たの」

「僕、名前は？」

「中西健太《なかにしけんた》、五歳、みどり幼稚園のもも組」

健太は自分の歳を示すために、指を五本立てた。幼かった清和の仕草を思い出して、氷川の頬《ほお》が自然と緩む。

「ママの名前は？」

「ママは中西桂子《けいこ》、ここにママがいるって」

健太は小さな手に握っていた母親の写真と三國プロダクションのオーディションの記事を、氷川の目の前に突きつけた。

「ママって柚子《ゆずこ》さんか……」

健太の母親の写真を見た氷川は、驚愕《きょうがく》で腰を地面に落としそうになってしまった。隣にいたショウも口をポカンと開けている。

「ママがいない」

「健太くん、ここまで一人で来たの？」

こんな幼い子供が一人で歩いていたら、巡回している警察が保護するだろう。氷川はもっともな疑問を投げたが、健太は答えにならない返事をした。

「ママがいないの。お腹《なかす》空いた」

優しい氷川の本質を本能的に悟ったのか、健太は自分の腹部を手で押さえて空腹を訴えた。

「ん……お兄ちゃんと一緒に行こうか」

「うん」

氷川が手を伸ばすと、子犬のような目をした健太はぎゅっと握った。

ちょうど目の前に、二台のワゴンが停まっている。シシカバブの屋台とクレープの屋台だ。健太にシシカバブは少し早いだろう。

「健太くん、クレープ食べる？」

氷川の言葉を聞いて、健太の顔はぱっと明るくなった。

「食べる」

「どれがいい？　苺《いちご》とかチョコレートとかバナナとかあるよ」

「チョコ」

氷川はワゴンで売っている甘いクレープを、空腹を訴えた健太のために買う。

健太は氷川の手を握ったまま、左手だけでナッツやチョコレートを零しながらクレープをむしゃむしゃと食べた。

それから、三人は三國プロダクションが入っている喜多村ビルに向かう。

子供連れで歩いている氷川に、清和の舎弟の吾郎《ごろう》と卓《すぐる》が驚いていたが、ショウが目で語りかけていた。

ソフトスーツに身を包んだ祐と珍しくネクタイを締めている宇治《うじ》が、喜多村ビルの入り口から出てくる。

「先生？」

祐は子供の手を引いている氷川に目を見開いた。

「君に大切な用事があっても話がしたい」

「先生とのお話より大切な用なんてありません」

ホスト顔負けのトークを披露した祐に氷川は微笑《ほほえ》むと、事務所がある二階に上がった。

その途中、ショウが健太について首を傾《かし》げていた宇治に説明する。もちろん、話は祐も聞いていた。

「柚子ちゃんの息子さんか」

事務所に着いた祐は、すぐに柚子に連絡を取る。緊急呼び出しの内容を告げずに電話を切った。

「健太、菓子でも食うか」

ショウが台所から健太のためにクッキーとチョコレートを持ってくる。宇治がコーヒーと健太のための紅茶を淹《い》れた。

幼い健太の前で込み入った話をするのは気が引けたが、氷川は単刀直入に切り出した。

「安部さんから祐くんのことを聞いたよ。安部さん、とても困っていた。僕は安部さんの気持ちがよくわかる。ヤクザは駄目だよ」

氷川は真剣だったが、祐は喉《のど》の奥で笑った。

「いきなりなんだと思ったら……」

「お母さんを大切にしてあげよう。泣かせるな」

「オフクロは俺が泣かす前にいつだって泣いています。俺は姉を思って泣いているオフクロしか知りません。オフクロにとって俺はなんだったんでしょう。俺はオフクロの子供じゃないんですかね？」

　母親の知世《ともよ》を語る祐の甘く整っている顔には、陰惨な翳《かげ》があった。声音には母親に対する嫌悪感《けんおかん》が含まれている。

「……あ」

「俺、オフクロにメシを作ってもらった記憶もありませんよ。オヤジがオフクロと離婚した理由がよくわかります」

　ふっ、と祐は鼻で笑った。

　祐を育てたのは実の母親の知世ではなく、年老いた祖母の文世《ふみよ》だ。安部や別れた夫への恨みを呪文《じゅもん》のように唱え続ける知世に、祐はうんざりしている。

　子供は一人だけではない。もう一人、祐がいる。それなのに、知世は残った息子のために前を見て生きていくことができなかった。弱いと言ってしまえばそれまでなのかもしれないが、生真面目《きまじめ》で純粋な気性だったのも災いした。

　どちらにせよ、祐は母親の愛を知らずに育った。

「お母さんの目の前で娘さんは事故に遭《あ》われたんでしょう。お母さんには後悔が大きいんだと思います。その後悔は、お母さんにしかわからない」

「事故から何年経《た》っていると思いますか？　当時、一歳だった俺は二十四になりました。でも、オフクロは未《いま》だに安部さんを恨んでいます。あれだけ世話になっているのに」

祐の気持ちもわからないではないが、知世には知世の闇《やみ》と葛藤《かっとう》があるのだろう。知世は何度も亡《な》き娘の後を追うような真似《まね》さえしたのだから。

「安部さんも後悔していたけど、すべての発端《ほったん》がその事故なんだ」

あの事故がなければ、知世は誰もが羨《うらや》むような温かい家庭を築いていたはずだ。

「オフクロの話はやめてください」

今、知世は一人でひっそり暮らしているという。安部の送金はそのまま続いていた。

「僕はオフクロさんがいるだけで羨ましいけどね」

氷川の生い立ちは祐も知っているらしく、逃げるように視線を逸《そ》らすと、コーヒーを一口飲んだ。

「先生にそれを言われると何も言えませんが、あのオフクロがいたので余計に辛《つら》かったです。そういうこともあるんですよ」

祐の甘いルックスは知世譲りのものである。知世は若い頃はファッション雑誌でモデルとして活躍していたそうだ。

事件以来、知世の可憐《かれん》な美貌《びぼう》は見る影もない。不審人物に間違えられるような身なりで外出し、そこで娘を思って泣き、果てはデパートの屋上から飛び降りようとしたこともあった。

子供は無邪気なだけに残酷だ。

そんな母親を持つ祐を、友人たちは嘲《あざけ》り笑《わら》った。

「ん……」

「ま、不幸自慢をするつもりはありませんけど」

昨日、安部からチラリと聞いたが、祐はいろいろと悔しい思いをしてきているそうだ。弁当ですら祐はさんざんな思い出があるという。祐の弁当を作ったのは祖母の文世だったが、メニューがいつも卵焼きとウインナソーセージと梅干しだったのだ。戦前生まれの祖母にはそれ以外、弁当のメニューが思い浮かばなかったらしい。祐も祖母がしわだらけの手で作った弁当のおかずに文句を言うことは一度もなかった。だが、友人たちは毎日同じおかずの弁当を揶揄《からか》った。

「うん、でも、ヤクザは絶対に駄目だ。安部さんも反対している。いや、苦しんでいる。祐くんなら不景気でもいい仕事が見つかる」

「二代目姐《あね》とは思えないお言葉です。こんな顔してるけど、俺、役に立ちますよ。ショウや宇治とはまた違った分野が得意ですから」

祐は所属している女性タレントより綺麗《きれい》な顔を、自分の繊細な手で軽く突《つつ》いた。

「この詐欺みたいな芸能プロダクションもやめたほうがいい」

「詐欺じゃありません。レッスンには業界で活躍中のプロデューサーを迎えていますし、時が来たら、きっちりと売り出します」

祐は胸を張って堂々と言い切った。

ＡＶで有名だという監督や脚本家が、レッスンに講師として名を連ねているらしい。Ｖシネマを何本か撮った監督もいるようだ。はっきりいって、氷川にはよくわからない。

「評判が悪すぎる」

「スタートしたばかりのプロダクションはそういうものです。三年待ってくださいませんか？」

祐が指を三本立てたので、氷川も同じポーズを取りながら首を傾げてみせた。

「三年も保《も》つかな？」

「三年経ったら、三國プロダクションは大手にのし上がっていますよ」

何も知らない小娘や夢に目が眩《くら》んでいるタレント志望だったならば、自信に満ち溢れている祐に騙されるかもしれない。

「その自信はどこから来るんだ」

「確固たる根拠があります」

「そんなの、どこにもないくせに」

氷川がズバリと吐き捨てるように言うと、祐はニヤリと笑った。甘い顔立ちをしているが、最高の曲者《くせもの》かもしれない。ただ、安部への思慕は本物で純粋だ。

デスクに置かれていた電話が鳴ったのでショウが応対する。受話器に向かって、ショウは大声で怒鳴った。

「カレン、いい加減にしろーっ」

受話器を叩《たた》き切《き》ったショウは、天井を仰いで吼《ほ》えている。

獣じみたショウに健太が泣き出しそうになったので、氷川は優しく抱き締めた。慈《いつく》しむように健太の頭を撫《な》でる。

「祐くん、カレンちゃんてあのカレンちゃんだね？」

カレンは三國プロダクションのオーディションに落ちた、相撲取《すもうと》りのような外見に似合わない可愛い声の持ち主だ。あまりにもインパクトが強かったので、忘れることができない。

氷川の質問に苦笑を漏らしている祐が答えた。

「カレンちゃんには恨まれてしまいました。一日三十回以上、カレンちゃんからいやがらせの電話があります。悪戯《いたずら》ＦＡＸも流されてくるし、ウイルス付きのメールも届きます。とんでもない贈り物も届きます。ほかのタレントの卵にもいやがらせをしているとか」

「は……」

呆気に取られた氷川は二の句が継げず、口を開けたまま惚《ほう》けてしまった。

「そのマイナス思考をプラスに変えれば、いいところに行けるんじゃないかと思うんですがね。うちが駄目でもほかのプロダクションでは合格するかもしれない。なんていっても今は個性の時代だから」

祐が肩を竦《すく》めた時、再び、電話が鳴り響いた。受話器を取った途端、鬼の形相を浮かべたショウはビル中に響くのではないかと思うくらいの大声で叫んだ。

「肉屋に売るぞーっ」

電話を切ったショウは壁をサンドバッグに見立てて右ストレートを繰《く》り出《だ》して、宇治に止められていた。己を失ったショウが暴れたら、事務所はどんな悲惨な状態に陥《おちい》るかわからない。

小さな健太はショウの剣幕に完全に怯《おび》え、氷川の胸に顔を埋《うず》めている。氷川は健太が落ち着くように頭を優しく撫で続けた。五歳の時の清和を思い出し、氷川は胸がくすぐったくなった。

そんな様を凝視していた祐は、くっきりとした目を細めた。

「先生、子供、お好きなんですか？」

「ああ」

「卵で組長の子供を産めばいいのに」

真顔でありえないことを口にする祐に、氷川はぷっと吹きだした。

「僕だって産めるものなら産んでみたい」

氷川と祐が目を合わせて笑うと、玄関のドアが開いて、デニムパンツ姿の柚子がやってきた。

柚子の呼吸は乱れているし、ノーメイクで口紅すら塗っていない。髪の毛はボサボサで、顔には汗が噴き出ている。身につけていたシャツも背中と腋《わき》の部分が汗でべったりと濡《ぬ》れていた。連絡を受けてからの柚子の様子が手に取るようにわかる。

「ママ」

今まで氷川の胸にしがみついていたのが、柚子の顔を見た途端、健太は母親の元に駆け寄る。

「健太?」

柚子は信じられないといった風情で立ち竦んだが、飛びついてきた健太を抱きとめた。

「ママ、帰ってきて」

健太の必死の願いを、目を紅くした柚子は断った。

「健太、ごめんね」

柚子の返事をちゃんと理解した健太は、火がついたように泣き出した。そして、しゃくりあげながら柚子に言った。

「帰ってきて。パパもママを待ってるよ。パパ、ママに悪かったって。欲しがってた指輪も鞄《かばん》も買ってくれるって。僕の大事な亀《かめ》もママにあげるよ」

「ごめんね」

母と子、どちらも辛そうだ。柚子は健太を抱いたまま、祐に詫《わ》びた。

「社長、ご迷惑をおかけしました。申し訳ありません」

「健太くんはお父さんに似たのかな」

穏和な笑みを浮かべている祐は、ことの成り行きを尋ねることもせず、注意することもない。柚子の出方を見ているのか、主観を述べない祐は若くても老獪《ろうかい》な経営者だ。

そんな祐に、柚子は苦しそうに謝罪を繰り返した。

「すみません。本当に申し訳ございませんでした。でも、私の気持ちは変わりませんので誤解しないでください。こういうことは二度とありません。主人……じゃない、父親を呼びます。彼も今、東京にいますから」

健太は父親と一緒に東京にやってきたようだ。健太を事務所に一人で行かせたのは、父親なのだろうか。

「旦那《だんな》さんと離婚したの？」

「しました」

ヒステリックに答えた柚子に思うところがあったのか、祐は探りを入れた。

「誰が離婚届を提出したの？」

「主人です」

ひょっとしたら、柚子の夫は離婚届を提出していないのかもしれない。母親を思って泣く健太のこともあるだろうが、柚子にまだ未練がありそうだ。

「戸籍上では離婚していないかもしれない」

身辺整理のついていないタレントを売り出すことほど危ないものはない。柚子の顔色は気の毒なくらい青くなった。それでも、ガタガタと震えたりしない。挑むような目で堂々と言った。

「離婚しました。私は女優になるために上京してきたんです。今回のことは本当にすみませんでした。以後、こんなことはないように気をつけます」

ペコペコと何度も頭を下げた柚子は、氷川に手を振る健太を連れて出ていった。

柚子と健太がいなくなった事務所は静まり返る。窓の外から聞こえてくる救急車のサイレンがやけに耳に障《さわ》った。

沈黙を破ったのは、柚子の言動に少なからず衝撃を受けた氷川だ。

「柚子さん、家に戻る気はないのかな」

祐も氷川と同じことを考えていた。

「ないでしょう。あの分だと間違いなく自分で離婚届を出します」

「あんな可愛い子供を捨てるのか」

血の繋《つな》がっていない赤の他人でも、無邪気な健太は可愛い。自分の子供だったならばなおさら可愛いだろう。

「意外に思われるかもしれませんが、女のほうが思い切りがいいんですよ。不倫をいつまでもだらだら続けるのも男です。その点、女は違う。不倫で家庭を捨てるのは大抵女のほうですから」

砂糖菓子のような甘い外見にもかかわらず、祐は冷静に女性を見ている。母親が影響しているのか、女性に夢を抱いていないようだ。

「祐くん、もしかして、女嫌い？」

祐はニヤリと不敵な笑みを浮かべた。

「よくわかりましたね。実は嫌いなんです」

柚子の歳とあのルックスで女優として成功する確率は低い。哀れな将来が予想できる柚子のためを思えば家庭に戻してやるのがいちばんだが、祐はそんなことは一言も口にせず、ドライに割り切っている。柚子が運ぶレッスン料が魅力的だからだ。

「……う」

「でも、ホモってわけじゃないから安心してください。組長を狙《ねら》おうなんて思っていませんから」

祐はウインクを飛ばしてきた。

「あ、当たり前だっ」

豹変《ひょうへん》した氷川を目《ま》の当《あ》たりにして、祐は楽しそうに声を立てて笑った。

「先生、可愛いですね」

祐に可愛いと言われて、嬉《うれ》しいはずがない。氷川は顔を痙攣《けいれん》させた。

「……祐くん」

「俺はどっちかっていうと、組長より先生のほうが好みです」

投げキッスを飛ばした祐の言葉に、ショウと宇治は顔色を変えたが、氷川は軽く聞き流す。いや、聞き流すしかないのだ。パン、と氷川はテーブルを叩いた。

「もう、そんな話はいい。そう、いいんだ。それより祐くんの話だよ。もう人を騙すような仕事はやめよう。眞鍋組と全然関係ないところで仕事を探そうよ」

氷川は身体に力が入りすぎてソファから落ちそうになったが、すんでのところで留《とど》まった。

「先生の舎弟にしてくれませんか？　俺、朝から晩まで尽くしますよ」

にっこりと微笑んでいる祐に、氷川の心は届いていない。

「祐くんっ」

氷川と祐の終わりの見えない言い合いは果てしなく続いた。二人とも引かないし、折れることもしない。

「俺、サラリーマンがどれだけ虚《むな》しいか知っているんです。サラリーマンだけは絶対にいやです」

会社のためにあくせく働いても、会社は社員のために何もしてくれない。祐は大学時代にサラリーマンの悲哀を間近で見ていた。母親の二人の兄は会社のために馬車馬のように働き、揚げ句の果てにはリストラされている。母親の姉婿などは完全に過労で亡くなったが、会社は何もしてくれなかった。

「誰もサラリーマンになれなんて言っていないから」

「それはそうと、先生、腹減りませんか?」

宇治が淹れたコーヒーだけで空腹は紛らわせない。自分の腹部を押さえた祐は上目遣いで尋ねてきた。

氷川は病院でパンと牛乳の軽い夕食を食べただけだ。素直に頷いた。

「うん」

「ラーメンでも食いましょう。ここの前の屋台のラーメンはなかなかなんですよ」

祐はソファから立ち上がり、ショウや宇治に目だけで合図を送る。すると、宇治は事務所から駆け足で出ていった。先にラーメン屋台に行って、席の確保と安全の確認をするのだ。

「ラーメン、あんまり身体によくないんだけどね」

氷川がラーメンについてのコメントをすると、祐は手をひらひらとさせた。

「サーロインステーキよりマシでしょう」

「清和くんの大好物を知ってるんだ」

祐が清和の肉食嗜好《しこう》を知っているということは、誰もが知っていることなのか、周囲に知れ渡るぐらい清和は霜降《しもふ》り肉《にく》ばかり食べているのか。清和の健康を願っている氷川としては複雑な気分だ。

「そりゃね」

くっくっくっくっ、と祐は喉の奥だけで楽しそうに笑っている。

「お願いだから、清和くんがステーキハウスとか焼き肉屋に入ろうとしたら止めてほしい」

「覚えておきます」

氷川の懇願に対して『YES』とも『NO』とも答えない祐は見事だった。

仲良くというか、一時休戦というか、氷川と祐は喜多村ビルの目の前にあった屋台でラーメンを食べる。

「先生、どうですか？」

「美味《おい》しい」

ショウと宇治も複雑な表情を浮かべながら、ネギがたくさん浮かんだラーメンをせっせと口に運んだ。

ラーメンを食べた後、隣のビルの地下にある二十四時間営業の喫茶店で、氷川と祐の話し合いは続く。

「先生、俺もね、ちょっとだけど子供の頃の組長を知っているんですよ。俺が安部さんに遊園地に行きたいってねだったんですけど、組長と典子姐《のりこねえ》さんと俺と安部さんで遊園地に遊びに行きました。俺は中学生で組長はいくつだったか忘れたけど小学生で、無口でおとなしくて、まぁ、あんまり可愛くない子供だったけどジェットコースターが好きみたいで、小さな組長に付き合って何度もジェットコースターに乗った覚えがあります」

子供時代の清和を語る祐には、眞鍋組二代目に対する明確な好意があった。

「清和くん、ジェットコースターが好きなのか。僕、ちっとも知らなかった」

「次の休みにでも組長を誘って一緒に行きませんか?」

祐の提案に、氷川は笑顔で乗った。

「そうだね……って、違う、こんな話じゃないんだ」

氷川はどこまでも必死だったが、祐は完全に面白がっていた。

深夜の十二時になっても帰ってこない氷川を心配して、清和が迎えにやってこなければ、いつまでも続いただろう。

「先生、帰るぞ」

仏頂面《ぶっちょうづら》の清和のお迎えに氷川は立ち上がり、祐は肩を竦める。

「組長、いい嫁さんをもらったね」

冷やかしが混じった祐の言葉に、清和は凛々《りり》しい眉を顰めた。

「安部を困らせるな」

「困らせた覚えはないけど？」

いけしゃあしゃあと答えた祐に罪悪感は見当たらない。

「わかっているだろうに」

清和が溜め息をつくと、祐は楽しそうに軽く笑った。二人の間にはなんとも言い難い空気が流れている。清和と祐は子供時代に接しているせいか親しそうだ。

氷川が不思議と祐に嫉妬心を抱かないのは、兄弟のような雰囲気を感じるからなのかもしれない。

祐と清和の外見は水と油のように正反対だが、二人が並んで話していると兄弟に思えないこともないのだ。

「先生、行くぞ」

清和に肩を抱かれて、氷川は店を後にする。

夜の街はこれからだと言わんばかりに、若い客引きが声を張り上げていた。

5

翌日、氷川《ひかわ》は日常業務を終えて、ショウがハンドルを握る黒塗りのベンツで眞鍋《まなべ》組のシマに戻る。

「ショウくん、今日もシャツに口紅がついてる」

ショウの肩口には真里菜《まりな》がつけたと思われる口紅があった。心なしか、甘い香水の香りも漂っている。

「え？」

「もしかして、真里菜ちゃん、わざとつけてるのかな」

愛《いと》しいショウにほかの女が近寄らないように、真里菜は所有の証《あかし》をつけているのかもしれない。そう思い当たった氷川は感嘆の声を上げた。

「……う」

ショウはなんとも形容し難《がた》い表情を浮かべている。

「真里菜ちゃん、なかなかやるね」

「はははははは……」

何をどう言ったらいいのかわからないのだろうが、ショウは乾いた笑いで流した。それ以上、氷川も真里菜について口にしなかった。

車窓に広がっている光景はいつもと変わらない。

こぢんまりとしたフラワーショップの前で、柚子《ゆずこ》と健太《けんた》を見かけた。般若《はんにゃ》のような顔をしている柚子の足に、泣《な》き濡《ぬ》れた健太が懸命にしがみついている。雲行きが怪しい。

「ショウくん、停《と》めて」

氷川は後部座席から身を乗り出して、ハンドルに手を添えているショウに言った。

「……え？」

「柚子さんと健太くん……あ、叩《たた》いた」

柚子が健太の頬《ほお》を平手で打ち、どこかへ去ろうとした。だが、健太は腫《は》れた頬を摩《さす》ることもせずに柚子を追い、その足元に絡《から》みつく。

その様を見たショウは神妙な顔つきで言った。

「先生、関《かか》わらないほうがいいかもしれない」

「いいから、停めて」

柚子に殴られている健太が、実の母親の男に虐待を受けていた清和《せいわ》と重なった。あの時、氷川は無力な子供だったが今は違う。車から降りた氷川は、柚子と健太のもとに駆け寄った。

「柚子さん、暴力はいけません」

「先生……」

氷川の顔を見た途端、柚子の怒りのボルテージは下がったようだが、健太は激しく泣き出した。

「柚子さん、吉永《よしなが》小百合《さゆり》の代わりはいくらでもいますが、健太くんの母親は柚子さんしかいませんよ」

氷川は大女優の名を出して、柚子を諭そうとした。甘えたい盛りの健太には、何よりも母親が必要だ。

「先生、もう決めたんです。私に主婦は無理です」

柚子には夫だけでなく子供を捨てる決心がついている。あまりにもきっぱりと健太を切り捨てているので、氷川は泣きたくなってしまった。

「旦那《だんな》さんとは離婚していないんでしょう」

「離婚します」

柚子の真摯《しんし》な目には離婚に対する決意が込められている。

「旦那さん、離婚してくれないんでしょう？　柚子さんと別れたくないんだと思います。落ち着いて、じっくり話し合ったらどうですか？　結婚しても女優を続けている女性は多いじゃないですか」

出産し、子供を産んでも、芸能界に復帰する女優や歌手は多い。氷川は必死になって両立を勧めた。

「主人はこの仕事にまったく理解がないんです。いつも馬鹿《ばか》にするだけでした」

柚子の表情と声音には、夫に対する憎悪《ぞうお》が込められていた。

「今は違うと思います。柚子さんの固い決心を知ったんですから、旦那さんの態度は変わっていると思いますよ」

自分の腕の中で生きていた妻が芸能界を本気で目指すなど、柚子の夫は夢にも思わなかっただろう。芸能プロダクションのオーディションに合格するとも思っていなかったはずだ。

「昨夜《ゆうべ》、主人に会いましたが、全然変わっていませんでした。馬鹿な夢を見ていないで早く戻ってこいって言いました。お前みたいなババアがタレントになれるわけないだろう、と鼻で笑いました。あんな人と一緒に暮らすどころか、同じ場所で同じ空気を吸うのもいやです」

柚子は昨夜の再会で、夫に対する嫌悪感をますます募らせている。氷川は柚子の夫にも思うところはあるが、口にはしない。

「健太くんのために……」

「あんな男の子供だと思うと反吐《へど》が出ます」

足元にしがみついている健太を見つめて、柚子はヒステリックに言った。

「柚子さん、なんてことを言うんですかっ」

氷川は周囲を気にせず、大声を張り上げた。

「……すみません、健太と別れるのは私も辛《つら》いです。でも、夢の実現のためには仕方がないんです」

そこまで言うと、柚子は泣き崩れた。

健太は自分が泣いていたにもかかわらず、母親を慰めようとしているのか、チュッチュッチュッと柚子の顔に音を立ててキスをした。こんなことになるまで柚子は慈愛に満ちた優しい母親だったのだろう。

「柚子さん……」

コンクリートの地面に顔を伏せて泣いている柚子の肩を、氷川は宥《なだ》めるように叩く。

すると、ショウに呼び出された祐《たすく》と宇治《うじ》がやってきた。氷川に会釈《えしやく》をした後、柚子を立ち上がらせる。

「先生、さ……」

氷川はショウに腕を引かれて、その場を離れた。

停めてあった黒塗りのベンツの助手席が、伏し目がちのショウの手によって開けられるけれども、氷川は車に乗る気分ではなかった。柚子の叫びと健太の泣き声が、氷川の耳にこびりついて離れない。

「ショウくん、なんていうんだろう、車に乗りたくないんだ。少し歩きたい」

「わかりました」

ショウも柚子と健太の母子には心を抉《えぐ》られたらしく、氷川の言葉に賛同した。

酒臭い四人組の後を、氷川はショウと肩を並べて歩く。眞鍋組資本の風俗店の看板を持っていた若い男は、氷川とショウの顔を見ると深く腰を折った。キャバクラの呼び込みもピンクサロンの呼び込みも眞鍋組の関係者らしく、氷川とショウには声をかけない。客を見送るために外に出た和服姿のママと綺麗《きれい》に着飾ったホステスたちは、氷川に向かって丁寧なお辞儀をした。

「ショウくんのお母さんってどんな人？」

柚子と顔も知らない自分の母親と義母と清和の実母が脳裏でぐるぐると駆け巡っている氷川は、ショウの母親がどういう女性だったのか急に知りたくなった。

「普通のおばちゃんです」

「お母さん、三時のおやつにはホットケーキとかプリンを作ってくれた？」

メイプルシロップをかけたホットケーキにホイップクリームとチェリーを載せたプリン、くるみやドライフルーツを混ぜ込んだバターケーキにチョコレートクッキー、養護施設で暮らしていた頃、優しい母親に手作りおやつを用意されるクラスメイトが羨《うらや》ましくてたまらなかった。

「三時のおやつですか？　そんなのあったかな？　ま、学校から帰ったら晩飯までにいろいろと食った覚えはあります。そばとかラーメンとかカレーうどんとか菓子パンとかおにぎりとか煎餅《せんべい》とか」

ショウはどこか遠い目をしながら、在りし日のおやつを語った。おやつとは言い難いメニューの羅列に、ショウの家庭を垣間見《かいまみ》たような気がする。母親の愛情を感じて、氷川の頰は自然に緩んだ。

「お母さんが用意してくれたんだね」

「俺が台所から勝手に取って、食ったほうが多かったんじゃないかな。たぶん、うちのオフクロは先生が思っているようなオフクロじゃありません」

氷川の母親像から懸け離れている自分の母親を瞼《まぶた》に浮かべているのか、ショウは顔を軽く引《ひ》き攣《つ》らせていた。

「でも、ずっとオフクロさんなんだね」

子供を産んだら、女は女であることを捨てて母親になる。育児に時間を割かれて、自分の身なりなど構っていられなくなるし、女らしささえ失われてしまう。氷川はそれでいいと思う。

柚子だけでなく、清和の実母の園子《そのこ》も子持ちになっても女のままだった。次から次へとヒモのような男をアパートに連れ込み、結果、幼い清和を苦しめた。園子の男たちが清和に振るった暴力の痕《あと》を見て、氷川は何度涙を流したかわからない。園子が清和を産んだ時点で本当の母親になっていれば、あのような結末は迎えずにすんだだろう。

「子供を産んだ時から女じゃなくなったって、オヤジから聞いています。男を五人産んだ後は、もう、オヤジよりオヤジらしいとか」

「ショウくん、五人兄弟なの？」

「はい、五人兄弟の五番目です」

ショウが末っ子だと言われてみればそんな気がするが、四人も兄がいるとは知らなかったので、氷川は単純に驚いた。

「知らなかった」

「オフクロは少子化阻止に貢献しました。いちばん上の兄貴も少子化阻止に貢献しています。この時代に四人目の子供が嫁さんの腹にいますからね」

ショウは左右の手を自分の腹部の前で動かして、妊娠中の義姉を示した。

「そうなのか」

氷川がショウの手つきを見て笑った時、真っ白なスーツに身を包んだ長身の若い男が、綺麗に着飾った夜の蝶《ちょう》たちとともに、重厚なドアから出てきた。クラブの客の見送りだ。

「ショウ、誰と一緒にいるのかと思ったら姐《あね》さんか」

白いスーツ姿の男はやけに馴《な》れ馴《な》れしい口調で声をかけてきた。

「藤堂《とうどう》組長、お疲れ様です」

ショウは藤堂に向かって頭を下げた。

彼、藤堂和真《かずま》に氷川は見覚えがある。清和の花嫁候補だった京子《きょうこ》に、十億円という落とし前を迫られた時に出会った極道だ。

『もしもし……ドームの京子です。十億貸してください。眞鍋第三ビルの最上階でお待ちしています。借り手は氷川センセイ、身元は確かよ』

そんな京子の電話一本で、眞鍋第三ビルの最上階に藤堂はやってきた。あの日も確かスーツは白だった。そして、金貸しだと名乗った。

『お待たせしました。藤堂と申します』

『あの……藤堂さん？』

藤堂は五日で一割の利息で十億円もの大金を、氷川に貸そうとした。隣には華やかな美《び》貌《ぼう》を醜く歪《ゆが》めた京子がいた。

『保証人と担保は結構です。その代わりに五日で一割いただくことになるんですが』

『あの、藤堂さん、その……』

『綺麗なお兄さん、サインしていただけますか？』

藤堂が差し出した書類にサインをしたらどうなるか、世間に疎《うと》い氷川にもちゃんとわかっていた。借金と臓器売買の関係は眞鍋組の裏の仕事でも聞いている。

『貸してもらっても、僕は払えそうにありません』

『踏み倒されては困ります。たとえどこに逃げても回収させていただきますよ』

藤堂はどこまでも甘くて優しい顔立ちをしているが、藤堂組の組長で背中には般若を背負っていて、性根は苛烈《かれつ》なヤクザだ。橘高《きつたか》と兄弟杯を交わしているが、清和とは反目し合っている。はっきりと訊《き》いたことはないが、清和が藤堂を嫌っていることは確かだった。

ショウも藤堂を毛虫のように嫌っていることは明らかだが、橘高の兄弟分に対する礼儀はきちんと守っている。

「姐さん、俺のことを覚えていますか？」

ショウの無言の制止を完全に無視して、藤堂は氷川に声をかけた。顔立ちだけでなく声も甘い。

「覚えています」

「以前お会いした時よりさらに綺麗になられましたね。組長の愛が姐さんを磨いているんでしょうか」

藤堂に全身を舐《な》められるように見つめられた氷川は、どんな反応をすればいいのかわからない。

「はぁ……」

「クラブ・竜胆《りんどう》でも姐さんのことは評判ですよ。以前にもまして色気が出てきたと」

藤堂は周囲にいる女性たちに同意を求めた。間髪容《かんはつい》れず、女のプロたちの賛同が聞こえてきたが、氷川はクラブの名前に引っかかった。

「クラブ・竜胆？」

クラブ・竜胆といえば、清和の初めての女性である志乃《しの》がママを務めている店だ。よく見ると、竜胆の名前が記された洒落《しゃれ》た看板が掲げられていた。

「今夜は二代目の店で楽しく過ごさせていただきました。ママは相変わらず、躱《かわ》すのが上手《うま》い。二代目でなくても参りますね」

藤堂は傍《かたわ》らに控えていた和服姿の女性に視線を流した。

「志乃ママ？」

ショウが言っていたように、肌の白さといい、黒目がちな目といい、どこか寂しげなムードといい、志乃はどこか氷川に似ていた。それは氷川も認めるところだが、いかんせん、女のプロである志乃と氷川では色気がまったく違った。ズラリと並んだホステスの中ではいちばん年上で美女という形容から最も遠いが、しっとりとした色気と雰囲気は格別だ。ママとして華やかな美女の頂点に立つに相応《ふさわ》しい女性である。彼女のために大金を落とす男がいるのも頷《うなず》けた。

「先生、初めまして。志乃と申します。清和さんから先生のことはよく伺っております。是非、一度、清和さんと遊びにいらしてください」

たおやかに腰を折る志乃に、氷川は挑戦状を突きつけられた気がした。氷川は逃げも隠れもしない。検査を嫌がる老患者に対するが如く、これ以上ないというくらいの優しい微笑と口調で受けて立つ。

「うちの清和がお世話になっております。お礼の挨拶《あいさつ》が遅れまして、失礼しました。竜胆はとてもいい店だと聞いております。是非、一度寄らせてください」

氷川が軽い会釈をすると、志乃は再びゆっくりと腰を折った。そんな動作も凄絶《そうぜつ》なまでに艶《あで》やかだ。

「組長はいいな、色っぽいのが二人もいて」

藤堂が聞き捨てならないことを口にしたが、氷川はぐっと堪《こら》えた。ここでブチ切れて、清和の面子《メンツ》を潰《つぶ》すことはあるまい。

志乃は口元に手をやりながら、楽しそうに笑った。

「藤堂さん、何を仰《おっしゃ》っているの。私はおばあちゃんです。今はもう清和さんの母と名乗らせていただいております」

志乃は清和との男女の関係をきっぱりと否定した。それは清和に妻として迎えた氷川がいるからだ。しかし、志乃はどこからどう見ても清和の母を名乗るには若い。うら若き真里菜は嫉妬を込めて『おばあちゃん』と言っていたが、志乃はまだ三十代後半だ。

「ママはまだまだ若いのに」

藤堂はハンターのような目つきで志乃を見つめた。

「女は二十三歳まで、と仰ったのは藤堂さんのところのお偉い方ですよ」

毎夜、ハンターを軽くあしらっている女のプロは、ころころと転げるように笑った。

「誰だ？　失敬な奴《やつ》だな。怒っておきます」

俺の女はママより年上だぞ、と藤堂は意味深な笑みを浮かべて続ける。

その瞬間、ショウの身体《からだ》から尋常ではない怒気を氷川は感じた。戸惑ったが、ここは無言で流す。

志乃も藤堂の愛人らしき女性については何も言わなかった。

「藤堂組の若頭さん、次にいらした時は夜の掟《おきて》を教えてさしあげようかと思っていますのよ」

「弓削《ゆげ》か、夜の掟を叩き込んでやってください。志乃ママに鍛えられたら、弓削も一皮剝《む》けるはずです」

藤堂は志乃に向かって頷いた後、氷川に視線を流した。

「さ、姐さん、こうやって再会したのも何かの縁です。飲みに行きましょう」

藤堂に肩をがばっと摑《つか》まれて、氷川は戸惑った。

氷川が女性だったならば、藤堂もこのような真似《まね》はしなかっただろう。ショウが目を吊《つ》り上《あ》げて怒鳴ろうとした時、志乃の艶《つや》のある声が凜《りん》と響いた。

「藤堂さん、気持ちはわかるけど駄目よ。先生を早く清和さんのところに帰らせてあげてくださいな」

志乃は優しい微笑を浮かべたまま藤堂の手から氷川を離し、凄《すご》んでいるショウのもとに避難させる。そして、藤堂の腕に自分の腕を絡ませた。

「綺麗な姐さんを離したくないな。うちで待っているの、マジにきついんだよ。たまには優しいのと一緒にいたい」

藤堂は腕にしなだれかかっている志乃に文句を言った。

「清和さんの大事な方に手を出してはいけません。藤堂さんは私で我慢してくださいな。さ、もう一度店の中に入ってください」

志乃の言葉に、藤堂は苦笑を浮かべた。

「ママ……」

「今夜はラストまでいらしてくださいな」

志乃は藤堂を再度店に連れ込んだ。ドアに並んでいた夜の蝶たちも、挨拶代わりの会釈をしてから店に戻っていく。

志乃ママに助けてもらったのかな、と氷川は閉じられたクラブ・竜胆のドアに向かって礼を言う。清和が店を持たせるだけの女性だと、氷川も認めざるを得ない。背負っている歴史からして違うようだ。

「志乃ママに助けられた」

ショウは大きな溜め息をつくと、地面にへたり込んだ。大きく息を吸ってから立ち上がる。

頭をペコリと下げたショウに、氷川は直感で思ったことを言った。

「ショウくん、藤堂さんと清和くん、揉《も》めているの？」

図星らしく、ショウは苦虫を嚙《か》み潰《つぶ》したような顔をした。

「ん……」

「藤堂さんは僕に何かして、清和くんの顔を潰そうとしたんだよね？」

自分の行動が清和の男としての面子に関わることを、氷川はちゃんと理解していた。

「藤堂組長は橘高顧問と兄弟杯を交わしていますから、堂々と先生をどうにかしようとはしないでしょう。けど、あの小汚い男は搦《から》め手《て》できます。先生は絶対に関わらないでください」

「口じゃ負けるな」

「はい、腕力でも口でも先生は負けると思います。仁義も何もないヤクザです。藤堂組は薬も扱っていて、極道というよりマフィアですから」

藤堂を語るショウの顔つきは険しく、語気もとても荒かった。

橘高は清和が呆《あき》れ返《かえ》るぐらい古いタイプの極道で、マフィアのようなヤクザを心の底から嫌っている。藤堂と兄弟杯を交わしていることが不思議だった。

「そんなヤクザとどうして橘高さんが兄弟杯を交わしたんだ？」

氷川がもっともな質問をすると、ショウはしどろもどろになった。張り詰めていた空気も一気に緩む。

「そ、それは……その……よんどころない事情があって……」

「よんどころない事情って？」

氷川の詰問《きつもん》から逃げられないと思ったのか、ショウは注意しないと聞き取れないような小声でぼそぼそと言った。

「……藤堂にハメられたんですよ」

「橘高さんが？」

誰でもいい男だと信じてしまう橘高が、性悪の藤堂によって仕掛けられた罠《わな》にはまったのだと、氷川は即座に想像した。

「……いや」

そのショウの口ぶりから、清和が藤堂に騙《だま》されたことを知る。清和は切れ者として、その実力を認められているはずだ。

「清和くんがハメられたの？」

「……あの頃、組長はまだ高校生のカタギで……う～っ、組長に訊いてください。俺、あの時のことを思い出すだけで腹が立って暴れたくなるんですよ。今からでもコンクリートを抱かせて沈めたい」

憤懣《ふんまん》やるかたないといったショウに、氷川はおろおろした。

「いったい何が……」

「俺、実は殺したい奴がいっぱいいるんです」

ショウは氷川の前で隠していた極道の本性を、ポツリと漏らした。陰惨さがないのはショウの生まれ持った性格だ。

「殺したいからって殺していたら世の中は殺人者だらけだ」

「はい、今は耐えています。でも、いつか、必ず、あいつはヤります」

基本的にサバサバとしているショウが、藤堂に執念を抱いているので、氷川は少なからず驚いた。

清和も藤堂にショウと同じ気持ちを抱いている可能性が高い。

そう思った氷川はショウを促して、眞鍋第三ビルに向かおうとした。

だが、宇治に卓《すぐる》に吾郎《ごろう》、信司《しんじ》といった数人の清和の舎弟たちが前方から凄《すさ》まじい勢いで走ってきた。いつもは爽《さわ》やかな吾郎も一風変わっている信司も、一様に顔つきが険しい。

「おい、どうしたんだ？」

ショウが声をかけると、顔を醜く歪めている宇治が凄んだ。

「藤堂、橘高顧問と兄弟杯を交わしていても許さん」

ほかの清和の舎弟たちも宇治と同じ気持ちらしく、鬼の形相で口々に藤堂を罵《ののし》る。

「藤堂、あいつは何を考えているんだよ。組長に対するいやがらせっていっても限度があるだろう」

「これは宣戦布告じゃないのか？」

「ケンカをふっかけられて黙っていたらナメられるぜ」

宇治は重ねて、藤堂に対する怒りを口にした。

「絶対に藤堂だけは許さない」

「そんなの、俺だって、そうだっ」

ショウは宇治に怒鳴り返す。

「今、藤堂の奴は竜胆にいるらしい。よく志乃ママのところで飲めるもんだ。今回ばかりは許せねぇ」

宇治はクラブ・竜胆のドアを指した。若い構成員たちもいっせいに攻め込む場所を見つめる。

清和の舎弟たちは藤堂を狙うヒットマンと化していた。

「ヤるのか？」

ショウを筆頭に宇治、卓、吾郎、信司の間には不穏なムードが漂っている。舎弟たちはいつもなら氷川の前では借りてきた猫のようにおとなしいが、今は修羅《しゅら》の世界に身を置く極道そのものだ。

「ああ」

「組長は？」

ショウは清和の意思を確認した。

「知らない」

宇治はクラブ・竜胆のドアに手をかけながら答えた。

「俺も行く」

ショウは自分に勢いをつけるように左右の拳《こぶし》を固く握ったが、あまりのことに呆然《ぼうぜん》としていた氷川を見ると、顔をくしゃくしゃに崩した。頭に血が上って、そばに氷川がいたことを忘れていたようだ。言い換えれば、それだけ藤堂に対する怒りが大きいのだろう。

「藤堂組長に何をするの？」

答えは聞かなくてもわかっているが、氷川は血気盛んな若者たちに尋ねた。

「姐さんは組のことには関わらないでください」

ショウが意図的に『先生』ではなく『姐さん』と氷川を呼んだ。組のことにはいっさい関わらず、何があっても口を出さず、夫を陰から支えるのが極道の妻である。

クラブ・竜胆のドアに手をかけている宇治の背中を、氷川は軽く叩いた。そして、ドアから手を引かせた。

「組のことに口を挟むつもりはないけど、暴力事件を起こそうとする若い青年たちを止めるのは一社会人としての務めだ。まず、落ち着いて。冷静になろうね」

氷川はクラブ・竜胆のドアの前に立ちはだかった。決して通らせないと、左右の手を大きく開く。

そんな氷川に、清和の舎弟たちは戸惑っていた。

「落ち着いても、冷静になっても許せない」

大学生にしか見えない容姿の信司が、悔しそうに唇を噛み締めた。

「うちの組長をなんだと思っているんだよ」

ジーンズ姿の卓は、腹立たしそうに足を踏み鳴らしていた。

ここにいる若い極道たちはみんな、清和を心の底から慕っている。大切な清和に心酔している若者を、氷川が可愛く思わないはずがない。だからこそ、血なまぐさい暴力沙汰《ざた》は避けさせたかった。そもそも、極道同士が衝突したら、単なる暴力事件では終わらないだろう。

「いったい何があったんだ?」

氷川の問いに、誰も答えようとしなかった。

クラブ・竜胆の前に若い構成員が何人も集まっているので、風俗店の看板持ちや呼び込みの視線が集中している。客を見送るために外に出たキャバクラ嬢たちは、何事かと不審がっていた。行き交う人々は単なる客だと思っているようだ。

「信司くん？　何があったの？」

眞鍋組の不思議ちゃんという異名を持つ信司に、氷川は優しく尋ねた。

「姐さんは組長を産んだ実のオフクロさんを知っているんですよね？」

清和を若くして産んだ母親の相川《あいかわ》園子は、大柄で派手な美女だった。清和の際立《きわだ》つルックスは園子から譲り受けたものだ。園子は初代眞鍋組の組長に望まれて愛人となり、清和を産んだ。正妻の座を狙って騒動を起こさなければ、眞鍋組から追われることはなかっただろう。初代眞鍋組の組長に子供は清和以外にいなかったのだから。

「知ってる。園子さんだ。綺麗な女性だったよ」

氷川と清和の間で園子の消息が話題になったことはない。意識的に避けてきたわけではないのだが、どちらも口にしなかったのだ。

「園子さん、藤堂組長の愛人になったんです」

一瞬、信司が何を言ったのか、氷川は理解できなかった。

「え？」

「組長は眞鍋組の頭なのに、そのオフクロさんが……」

実の母親が密《ひそ》かに反目している組長に囲われているなど、眞鍋組の金看板を背負っている清和にとっては屈辱的なことだ。

藤堂は清和に対するいやがらせで、園子を愛人にしたのに違いない。それにつけても、どうして園子は組織の頭である息子の足を引っ張るようなことをするのか、氷川は首を傾《かし》げるばかりだ。

「よりによって、どうして……」

よりによって、としか言いようがなかった。

「安部さんが言うには、藤堂に金を積まれたのかもしれないって」

眞鍋組の初代組長は、園子を手に入れるために莫大《ばくだい》な金額を使ったらしい。自分の魅力をよく知っている園子も、それが当然とばかりに、初代組長には湯水のように金を使わせた。

「園子さん、今でも女なんだ」

園子は十九歳で眞鍋の初代組長に高級マンションを買わせ、二十歳《はたち》で清和を産んだ。現在、三十九歳だ。どんな美女も三十六までと言うけれども、園子は美貌を保っているかもしれない。

「昨日は銀座《ぎんざ》のハリー・ウインなんとかとかいう高い店で、藤堂に宝石を買わせたそうです」

信司が最後まで言えなかった店は、ハリウッドスター御用達《ごようたし》と目されている世界的に有名な高級宝飾店だ。同僚医師が婚約者に指輪をせがまれ、その値段に顎《あご》を外しかけたことを氷川は知っている。

「藤堂組長って独身？」

「独身ですけど……」

信司の身体がわなわなと怒りで震えていた。何を考えているかわからない不思議な信司でも、己が仕える清和に対する忠誠は本物だ。清和が信司を手元において目をかけている理由がわかる。

「藤堂組長が独身なら愛人じゃなくて恋人……」

氷川は氷川なりに言葉を選んで宥めようとしたが、信司は最後まで言わせてくれなかった。藤堂の愛人ではなく、恋人であっても気に食わないらしい。

「冗談じゃないっス」

氷川の言葉を遮った信司の目は据わっている。

「こういうのは、男と女のことだからね。藤堂組長と園子さんも男と女だから仕方がないのかもしれない」

クラブ・竜胆の前に集まっている者の中で、最も男と女のことについて詳しくない氷川がそれらしい蘊蓄《うんちく》を傾けて諭そうとした。

が、ショウを筆頭とした清和の舎弟たちに思い切り睨まれる。氷川が二代目姐でなければ罵倒《ばとう》されていたに違いない。

「そういえば、再婚で荒れた男がいたな」

氷川が医大時代の同級生を思い出していると、ショウのツッコミが入った。

「それとこれとは違います」

「うん、そうだね。でも、絶対に殴り込みは駄目。……あ、もしかしたら、藤堂組長はそれを狙っているのかもしれない」

氷川の指摘に、ショウや宇治は低い声で呻いた。吾郎や卓は目を合わすと、忌々《いまいま》しそうに舌打ちした。

「藤堂組長を殺したら、藤堂組は報復に出るでしょう。今、藤堂組と抗争になったらヤバイんじゃないの？　藤堂組も抗争を仕掛けるつもりはないと思う。殺されるつもりもないんじゃないかな。藤堂組長は自分をわざと狙わせて、逃げて、手打ちとか？　そういうので清和くんに貸しを作りたいのかもね」

氷川が週刊誌などから仕入れた情報で予想を立てる。言いながら、当たらずとも遠からずだと、氷川は確信を持つ。

すると、その時、屈強な構成員たちを従えた橘高が現れた。

「姐さんの言うとおりだ。お前ら、早まるな」

橘高の後に沈痛な面持ちの安部が続いた。

「藤堂の挑発に乗るな」

若い清和の舎弟たちを、古参の構成員が宥めるように連れていく。地団駄《じだんだ》踏んでいる信司を、海坊主としか言いようがない中年の構成員が肩に担《かつ》ぎ上《あ》げた。何度も凄絶な修羅場を潜り抜けてきている男たちに、清和の若い舎弟たちはどうしたって敵《かな》わない。

橘高は憮然《ぶぜん》としているショウの肩を抱いたまま、氷川に声をかけた。

「姐さん、ボンのそばに行ってやってくれ」

清和のそばに行くなと言われても行くのに、橘高は氷川を労《ねぎら》うためにそういう言い回しをする。橘高なりに氷川に対する感謝の気持ちを表しているのだ。血は繋がっていなくても橘高は清和の父親だった。

「はい」

「今夜はボンにいい思いをさせてやってくれな」

橘高が何を言おうとしているのか、氷川は確かめなくてもわかる。それについて異論はない。純粋な疑問を橘高にストレートにぶつけた。

「園子さんのこと、そんなにショックなんですか？」

「ボンにとって、姐さんがほかの男に寝取られるより、まだマシかもしれない。だが、ほかの男にしてみれば、自分の女が寝取られるより、もう若くもない自分のオフクロが愛人になるほうが腹が立つそうだ」

組長の母親は構成員たちの母親でもある。

「は……」

「戦国時代の最高の人質って誰かわかるか？　妻でも子供でもない。母親だ」

いきなりの戦国時代の喩《たと》えに戸惑ったが、氷川は納得せざるを得なかった。女ならばいくらでも代わりがいる。子供も新たに作ればいい。だが、自分を産んでくれた母親はこの世に一人しかない。

健太を捨てようとする柚子に向けた自分の言葉を、氷川は思い出した。

「そうですね」

「姐さんしかボンを慰められるのがいないんだ。慰めてやってくれ」

「はい」

今のショウは使い物にならないと思ったのか、いつも橘高に従っている安部が氷川のガードにつく。

「姐さん、急ぎましょうか」

夜のネオンをバックに立つ安部は、恐ろしいぐらい頼もしい男だった。

「清和くんも荒れているんですか？」

氷川の質問に対して、実直な安部ははぐらかしたりしない。ありのままをそのまま伝える。

「懸命に耐えているんだが、見ているだけで気の毒でたまらん」

清和を語る安部もやるせなさそうだった。

「清和くん……」

「俺は組長が若いってことを忘れていた」

氷川は安部とともに、清和が待つ眞鍋第三ビルに向かった。


清和が部屋にいるとわかっているので、ロックを自分で解除せずに、インターホンを押す。モニターで確認したのか、すぐに清和が玄関のドアを開けた。

「ただいま」

「ああ」

ネクタイを緩めた清和の髪の毛は心なしか崩れていて、どこがどうとはいえないが、いつもの精彩を欠いていた。園子のことでのダメージは大きいようだ。

「お疲れ様でした」

清和と氷川に一礼してから、安部は帰っていく。彼を乗せたエレベーターが静かな音を立てて下りていった。

ガードが安部だったので、聡《さと》い清和はある程度、状況を把握しているようだ。

「清和くん、ごはんは食べたの？」

靴を脱いでから、氷川は清和の頰に挨拶代わりのキスを落とす。その瞬間、清和の周囲の空気が柔らかくなった。清和にとって氷川がどんな存在なのか明らかだ。

「食べた」

「何を食べたの？」

「付き合いで」

尋ねなくても、氷川には清和が何を食べたのかわかる。今夜は問い詰めずに許そうと、氷川は清和の腹部を軽く撫でた。

「付き合いで清和くんの好きなものを食べたんだね」

「…………」

清和からはアルコールの匂いもしたが、女の残り香はなかった。橘高や安部、男たちだけで飲んだのかもしれない。

氷川は自分のネクタイを緩めながら、広いリビングルームに入った。テーブルには有名な高級果物店のメロンが置かれている。

「このメロン、どうしたの？」

氷川が値の張るメロンを指すと、清和は簡潔に答えた。

「貰った」

清和の反応から、嬉しくない贈り物だと知る。氷川はさらに尋ねた。

「誰から？」

「ほかの組から」

「もしかして、藤堂組？」

ズバリと言い当てた氷川に、清和は切れ長の目をすっと細めた。

「そうだ」

「さっき、藤堂組長と会った」

藤堂の名前を出した途端、清和のきつい双眸《そうぼう》がますますきつくなった。滅多に感情が顔に出ない男なので珍しい。

「藤堂に何を言われた？」

真正面から見つめる鋭い目を少しでも緩和させようと、氷川は清和の身体に左右の腕を絡ませた。そのまま、ソファに腰を下ろす。

「クラブ・竜胆の志乃ママに助けられたよ」

志乃の名前に、清和は言葉を失った。氷川の気性の激しさを知っているだけに、志乃とは会わせたくなかったのだ。

「素敵な人だったから仕方がない……とは思えないけど、あの人だったら仕方がないかな。僕以外で誰かが清和くんの初めての相手になるんなら、あの人がいい。京子さんだったら暴れていたかも」

「…………」

下手《へた》なことは言わないほうがいいと考えているのか、清和は無言で聞き流している。そんな清和の頰を氷川は優しく叩いた。

「志乃ママは上手く藤堂組長をあしらってるみたい。さすがっていうのかな。僕ならできない」

愛しさと悔しさが無性に込み上げてきて、氷川は清和の左の頰を軽く摘《つま》んだ。もっとも、清和の頰に摘むほど肉はついていないのだが。

「…………」

「きっと、志乃ママなら清和くんに恥をかかすこともないし、藤堂組長も綺麗に抑え込めると思う」

「…………」

「クラブ・竜胆にいる藤堂組長を狙って、清和くんの舎弟たちが殴り込もうとしたんだ」

危機一髪の出来事を話すと、清和は驚愕で目を見開いた。

「殴り込んだのか？」

「橘高さんと安部さんが止めた」

舎弟たちが藤堂を狙わなかったと知って、清和はほっと胸を撫で下ろしていた。

「そうか……」

「園子さんの消息をこんな形で聞くとは思わなかった」

「俺もだ」

園子のことについて誰よりも腸《はらわた》が煮えくり返っているはずだが、藤堂の挑発に乗るまいと清和は懸命に自制している。

「組長って本当に大変だね」

氷川は清和の唇を指で触れた後、触れるだけのキスを落とした。角度を変えてから、深く重なり合う。

二人の唇が離れた時、氷川の目はすでに潤んでいた。

「オヤジに何か言われたのか？」

察しがいいというか、血は繋がっていなくても父子《おやこ》だというか、清和は橘高が氷川に向けた言葉に気づいている。だからだろうか、氷川のほっそりとした腰に回った腕には力が込められていた。

「清和くんには僕しかいないって聞いた」

どんなふうにでもとれるように、氷川は少しだけ言い回しを変えた。

「そうだ」

「うん、清和くんには僕しかいない。僕にも清和くんしかいないんだよ」

氷川は清和の鼻先を唇で掠《かす》め、顎先を軽く噛む。そして、白い手で清和のネクタイを引き抜いた。それが、合図だった。

「いいのか?」

「うん」

氷川に行為を拒むつもりは毛頭ない。

清和も今夜は自分を鎮められないのか、すぐに氷川の身体に伸《の》しかかった。いつになく性急な清和に、氷川は少しばかり戸惑う。

「清和くん、ベッドに行こう」

煌々《こうこう》と明るいライトが点《つ》いているリビングルームのソファでは、今さらかもしれないが、気恥ずかしい。

だが、清和は氷川の身体から引かなかった。その大きな手は氷川が身につけていたシャツのボタンを外している。

「………」

「清和くん?」

密着したところから、清和の分身の硬さを知る。表情はいつもと変わらないが、身体には余裕がないようだ。女という文字を見ただけで勃起《ぼっき》すると称されている男の年代の証《あかし》かもしれない。

「ここじゃいやか？」

そう言っている間にも、清和の手は氷川の身体のうえでせわしなく動く。身につけていたシャツが床に落ち、引き抜かれたベルトは大理石のテーブルに載せられた。ズボンと下着も一気に引き抜かれる。

氷川の白い肌を覆うものは何もなくなった。いや、靴下だけ穿いているのでやけに卑猥《ひわい》だ。

しかし、清和の手は靴下に伸びなかった。

「……いいけど」

薄い胸を唇で辿《たど》っている清和の後頭部を、氷川は優しく撫でた。

「いいんだな」

念を押す清和に、氷川は花が咲いたように微笑《ほほえ》んだ。

「うん」

清和は膝《ひざ》のうえでアイスクリームを食べていた子供ではない。お菓子を与えても喜ばないことはよく知っている。大人の男を楽しませるのはこれしかない。氷川は清和の逞《たくま》しい背中に腕を回した。

心なしか、いつにもまして胸の飾りを愛撫する清和の唇が熱い。肌を這《は》い回《まわ》る清和の手も普段とは少しだけ違った。

「痛……」

胸の突起を口に含まれて、執拗《しつよう》に舌で転がされていたのだが、敏感な氷川は痛みを感じてしまった。漏らすつもりのなかった声を、氷川は発してしまう。

「悪い」

バツの悪そうな顔をした清和は簡潔に詫《わ》びると、薄い胸からなだらかな腹部に下がっていく。

臍《へそ》の周囲を這い回る清和の唇と脇腹《わきばら》を手繰《たぐ》る手に、氷川は身体を震わせた。どういうわけか、天井が遠くに見える。おまけに、クラブ・竜胆に乗り込もうとするショウや宇治の姿がぼんやりと浮かんだ。清和が園子のことを黙認していても、若い舎弟たちが先走ってしまうかもしれない。性悪の藤堂が新たに何か仕掛けてくるかもしれない。不安は尽きなかった。

だが、それらについて清和に言うことはしなかった。

今、清和に必要なものがなんであるか、わかっていたからだ。

氷川は清和の情熱を受け入れるために、なめらかな下肢を開いた。愛しい男の息を呑む音が耳に届く。

「清和くん……」

下半身を清和の手が滑り、吐息もかかる。

「先生……」

「あんまりいやらしいことはしちゃ駄目だけど……ちょ、ちょっとくらいならいいよ」

頭がおかしくなってしまうくらい、清和が愛しくてたまらなかった。


二度、ソファで二つの身体を一つに繋げてから、氷川と清和はともに熱めのシャワーを浴びた。

「清和くん、こっち向いて」

清和の身体をバスタオルで拭《ふ》き、パジャマを着せたのは氷川である。清和は何も言わずに、されるがままになっていた。

冷たいミネラルウォーターで喉《のど》を潤してから、ベッドルームに向かう。

お休みのキスの後、ゆっくりと目を閉じた。

ガシャーン、という耳障《みみざわ》りな音がどこからともなく聞こえてくる。夢ではない。物騒な物音で、氷川は目を覚ました。

隣で寝ているはずの愛しい男がいない。

氷川はスリッパも履かずに、ベッドルームから出た。リビングルームは真っ暗だが、ベッドルームからいちばん遠い、物置と化している十畳の部屋から物音がする。

「清和くん？」

恐る恐るドアを開けると、毛足の長いピンクを主体にした絨毯《じゅうたん》に、煙草《たばこ》を吸っているリキやショウ、サメといった清和の腹心が胡坐《あぐら》をかいて座っていた。クリスタルの灰皿には煙草の吸い殻が積まれているし、缶ビールの空き缶がいくつも転がっていた。バーボンとブランデーのボトルのそばには、人数分のグラスと氷がある。おつまみを口にした形跡はない。リキの背後の壁にはヒビが入っていて、周囲には飾り花瓶の破片が散らばっている。この様子だと、清和がリキに向かって飾り花瓶を投げつけたのだろう。

まず、氷川は白く立ち込めている煙草の煙でむせかえった。

「すまない、起こしたか」

窓辺に座っている清和の手には、外国製の缶ビールがあった。

「清和くん、未成年のくせに何を飲んでいるの」

「…………」

「こんな時間に……って、それは……」

吸いかけの煙草の火を消したリキの前に、数枚の写真が散らばっていた。マンションから出ていく藤堂を見送る園子、マンションに戻ってきた藤堂を出迎える園子、藤堂が運転する車で笑っている園子、藤堂と腕を組んで歩く園子、どの写真の中の園子も綺麗だった。抜群のスタイルも崩れていない。最後に見かけた時からまったく変わっていなかった。

誰も一言も何も言わない。

氷川は写真を手に取ると、真っ先に思った感想を言った。

「園子さん、相変わらず、綺麗だね」

唸ったのはいちばん感情が顔に出やすいショウだった。

「先生……」

「三十九歳とは思えない……え?」

盗撮か、マンションの一室でソファに座った藤堂の股間に顔を埋《うず》めている園子の写真があった。股間から顔を上げている園子の写真もある。あまりの生々しさに、氷川は手にした写真を落としてしまう。

煙草の煙で充満している部屋は、しんと静まり返った。

静寂を破ったのはサメこと鮫島昭典《さめじまあきのり》の携帯電話の着信音だ。

「もしもし……ああ、そうだ。……わかった。こちらからまた連絡をする」

携帯電話を切ったサメは清和に報告した。

「報告についての確認がありました。間違いはありません」

写真と一緒に園子の日常を記した報告書もある。その報告書の真偽《しんぎ》を確かめる調査を、サメはほかの者にやらせていた。

報告書によると、園子はひと月百万で赤坂の高級マンションに囲われている。外出の大半はエステとスポーツジム、美容院にネイルサロンだ。食事はすべてデリバリーで、オスとメスのチワワを飼っている。今、藤堂が囲っている女はほかに一人もおらず、園子を迎えるにあたって、全員、別れた。藤堂は週に三日、園子の部屋に泊まっていく。現在、園子は藤堂の寵愛《ちょうあい》を最も受けている女性だ。

「そうか……」

サメは清和から氷川に視線を流した。

「当分の間、ショウの代わりに俺が先生のガードを務めさせていただきますのでよろしくお願いします」

どうして、ショウからサメにボディガードが変わるのか、氷川にいやな予感が走った。

「ショウくん、まさか、鉄砲玉になるの？　駄目だよ」

氷川が力の限り叫ぶと、ショウ以外の男たちはいっせいに首を左右に振った。口に出して説明したのはサメだ。

「今のショウは危なくて先生を任せられません。それが理由です」

リキも清和も軽く頷き、肝心のショウは憮然とした様子で缶ビールを呷《あお》る。

宇治や卓たちがクラブ・竜胆に乗り込もうとした時、幹部候補のショウは、本来ならば身体を張ってでも止めなければならなかった。園子と藤堂に関して、熱血漢のショウは冷静さを著《いちじる》しく欠く。

「は……本当だね？　藤堂組長に鉄砲玉を送るくらいなら、園子さんに会いに行って、とことん話し合えばいい。清和くん、どんなに離れていても、何があっても園子さんは君のお母さんなんだよ」

普段ならばよほどのことでない限り氷川に逆らわないが、清和は園子との再会を全身で拒絶していた。

「…………」

「君は園子さんのヒモにはさんざん暴力を振るわれたけど、園子さんには手を上げられていないはずだ。ヒモと別れる理由っていうのはいつも清和くんじゃなかったっけ？　ヒモに清和くんを施設に放《ほう》り込《こ》めって言われても、園子さんは手放そうとしなかった。そりゃ、小さな清和くんの面倒をほとんど見なかったけど、園子さんは一度も清和くんを捨てていないよ」

氷川は園子を嫌いではなかった。母親としては失格かもしれないが、清和を捨てたことは一度もないのだ。清和を母乳で育て、おむつも替えたし、風呂《ふろ》にも入れた。赤ん坊の清和を寝かしつける時は子守唄《こもりうた》を歌っていたらしい。

園子が自分を捨てなかった理由を、清和はポーカーフェイスで語った。

「俺は金になる子供だったからな」

「清和くん、君のお母さんは女だっただけで、そんなに悪い人じゃないよ」

園子とヒモが絡み合っているアパートに入れてもらえず、公園でしょんぼりと蹲《うずくま》っていた小さな清和が脳裏に浮かぶ。今でも思い出すだけで胸が痛んだが、園子は性根が腐っているわけではない。園子の清和に対する笑顔を知っている氷川は、そう信じていた。

「…………」

「清和くんが園子さんに会うのがいやなら、僕が会って話をつけてくる」

眞鍋の昇《のぼ》り龍《りゅう》がまだ『ちゃっちゃっちゃっちゃっ』としか言えなかった頃、氷川は初めて青いベビー服を着た小さな清和と出会った。

『あら、女の子みたいに綺麗な子、あなたね、氷川家に引き取られた施設育ちの男の子って。施設から氷川家の養子なんてラッキーね』

園子に初めて会った時に、ズバリと言われた。氷川家が迎えた養子のことは井戸端会議で噂《うわさ》に上っていたが、誰も面と向かって口にしなかった。表でにこにこと笑っていて、裏でガタガタ言う者より、園子はずっと気持ちがいい。

『うちの動物を可愛《かわい》がってくれてありがとう。うちの動物、優しいお兄ちゃんが大好きみたい』というのが、まだ清和が満足に喋《しゃべ》れなかった頃の園子の挨拶だ。

『うちの清和を可愛がってくれるのはとっても嬉しいんだけど、諒一《りょういち》くんのお義母《かあ》さんが怒るんじゃないの？　いいの？　諒一くんのお義母さんは私のことが嫌いみたいだからさぁ』

清和を可愛がると、氷川の義母はいやがった。それでも、氷川は義母に隠れて清和を可愛がった。そんな氷川を、園子は園子なりに心配してくれた。同じアパートの住人や近所の評判は著しく悪かったが、園子はそんなに人としての情がないわけでもない。

「先生は何もするな」

氷川の申し出に、清和は顔色を変えた。

ショウは口にしていたビールを派手に吹きだし、サメの顔が被害を受けた。リキはいつもと同じ無表情で、藤堂と園子の写真を眺めている。眞鍋組の頭脳は思いあぐねているようだ。

「藤堂組長はワルだと思うけど、園子さんは悪い人じゃないと思うんだ。僕が園子さんに会って、清和くんの昔話のついでに藤堂組長のことを話してくる。園子さん、もしかしたら、藤堂組長に騙されているのかもしれないし」

園子は派手で常識がなく、気性の激しい女性だったが、基本的には純粋なのかもしれない。男を騙したたかな女ではなく、男に騙されるほうが圧倒的に多かった。男がころころと変わったのはそのせいだ。

母親を頑《かたく》なに拒む清和には、十代の潔癖さと純粋さがあった。

「園子さん、清和くんが迎えに来てくれるのを待っているのかもしれないよ。彼女は絶対に清和くんの不幸なんて願っていない。それだけは断言できる」

氷川は清和のもとに近寄り、その逞しい腕を摑む。

「やめてくれ、あの女は……」

清和が何か言いかけたが、終始無言だったリキが初めて口を挟んだ。

「姐さんの言うことにも一理あります。眞鍋組の組長のオフクロさんが藤堂組長の愛人なんて洒落にもなりません。藤堂組の奴らが盛り場でうちの若いのをさんざん揶揄《からか》っています。このままだと必ず揉め事が起きます。先生は組長の奥さんです。眞鍋組からとしてではなく、橘高清和の妻として園子さんに会い、説得してくれますか？」

リキの提案に清和は青ざめたが、サメとショウはポンっと膝を打った。

「説得する」

清和の義母である典子が出てきたら、おそらく、園子は拗《す》ねるだろう。適任者は氷川以外にいない。

「金なら化粧代として、月に百万、出しますし、二代目の実母に相応しいマンションも用意します。車も別荘もつけましょう」

「やめろ」

園子の性格を聞いて知っているのか、藤堂と別れる際の条件をリキは口にした。

「わかった」

「失礼ですが、姐さん一人では無理だと思います。眞鍋組の構成員ではなくて、女の扱いに慣れている男……京介《きょうすけ》に出てきてもらいましょう。ショウ、京介に依頼してくれ。それ相応の謝礼はする」

女性の扱いが上手く、信用に値する男といえば、リキでなくても真っ先に京介の名を思い出す。リキから京介との仲介を指示されたショウは、缶ビールを握り締めたまま言《い》い淀《よど》んだ。

「それが……今、京介はちょっと……」

「お前、もしかして、京介を怒らせたままなのか？」

リキの指摘に、ショウは唇を尖《とが》らせた。

「怒らせた覚えはないんですが、怒っているって宇治から聞きました。冷蔵庫にあったワッフルを全部食ったのがまずかったんですかね」

京介のショウへの罵倒を聞いているサメは、うんうんと何度も頷いていた。二度と俺の前に顔を見せるな、と怒り心頭の京介は宇治に言付けたという。

「また食い物か？」

京介とショウの凄絶な大喧嘩《おおげんか》の原因は食べ物だ。氷川は開いた口が塞《ふさ》がらなかったし、清和はこめかみを押さえている。

「ワッフルがあったから食ったんです。それだけなんです」

ショウは左右の腕を振り回しながら力説した。本人に悪気はいっさいない。

「いつもなら殴られて綺麗に終わるだろう。京介は後に残さないからな。今回はそれだけじゃないいんじゃないか？　京介のマンションから出ていく時に何も言わなかったんだよな。あとで、ちゃんと礼を言ったんだな？」

「……忙しくて」

「真里菜と遊ぶ暇はあっても京介に礼を言う時間はなかったのか」

リキが呆れるのも無理はない。さんざん世話になった京介に対して不義理を尽くしているショウには、氷川と清和も非難の目を向ける。

「忙しかったんスよ」

「お前は……」

「祐《たすく》さんに頼みましょう。女の扱いはホスト並みに上手いです」

リキが出した条件に当てはまる男を思いついたショウの顔は明るく、口調は弾んでいた。

「祐はどんなに有能でも駄目だ」

迷うことなく、リキは判断を下す。

「リキさん、祐さんを舎弟にしてやってくださいよ。あんなにリキさんを尊敬しているのに」

「俺は安部さんを悲しませるようなことはしない。ショウ、京介に詫びを入れろ」

リキは絨毯の上に置いているショウの携帯電話を親指で指した。

「宇治に訊いたんですけど、俺の番号は着信拒否になっているそうです」

「京介はそこまで怒ってるのか」

「あいつ、今、生理中かもしれません」

月経時期、もしくは月経のほんの少し前になると、それまでショウに夢中だった優しい恋人は豹変する。ショウの恋人のタイプも歳も様々だったが、別れる時期はいつも決まっていた。

「お前、真里菜に逃げられたらどうするんだ？」

金を稼ぐ彼女に逃げられたら、若いショウは眞鍋組の男としてはやっていけない。今のショウにとって、恋人は仕事上のパートナーのようなものだ。

「今回は大丈夫です」

「どうしてそう言い切れるんだ？」

「真里菜の両親も実家も知っています。交友関係もばっちりです。どこに逃げても連れ戻してみせます」

女性には逃げられることが前提になっている。少々情けなくもあるショウの言葉を、リキは溜め息で流した。

「まぁ、それはいい。だが、京介と揉めるな。わかってるな」

リキも清和も眞鍋組に京介を欲しがっていた。京介はそれほどまでの男なのだ。

「あいつはヤクザを嫌っています。無理です」

「そこをなんとかするのがお前の仕事だ」

「絶対に無理っ」

眞鍋組の頭脳であり、随一の腕っ節を誇るリキに怯むことなく、ショウは堂々と怒鳴り返した。京介の性格をよく知っているからだ。

「今回の園子さんの件は頼むぞ。俺たちからだと京介は綺麗に逃げる」

「俺からだったら、京介は暴れると思いますけど」

ショウと京介が素手の勝負を繰り広げたら、勝利者はいつも決まっていた。敗者は玄人《くろうと》のショウである。

「今、藤堂組とことを構えるわけにはいかないんだ。わかってるな」

チャイニーズ・マフィアと血なまぐさい戦いを繰り広げた後である。眞鍋組は少しでも揉め事は避けたい。

「わかっています」

渋面《じゅうめん》の清和にぴったりと張りついている氷川に、リキは視線を向けた。

「姐さん、恥ずかしいことに、俺たちは園子さんにどう接していいのかわからないんです。よろしくお願いします」

清和の義母である典子や眞鍋組の初代組長姐に対する接し方ならば、悩まなくてもわかる。ほかの構成員の母親に対する態度もわかる。

だが、清和の実母でありながら眞鍋組を追われた揚げ句、藤堂の愛人になった園子には、どう接すればいいのかわからない。未だに女である園子の機嫌を損ねるようなことをしたら、眞鍋組を二分させる騒動を引き起こした張本人だけに、何をしでかすかわからないのだ。

本心を吐露したリキに、氷川はにっこりと微笑み返した。


ショウの携帯電話には、真里菜から三十分おきにメールが届いていた。とうとう、いつになっても帰ってこないショウに焦《じ》れた真里菜から帰れコールがある。ショウは普段からは信じられない甘い声音で真里菜に詫びていた。

熱愛中のカップルに当てられたわけではないだろうが、リキとサメが立ち上がった。

リキたちが引き揚げても飲み続けようとする清和から、氷川はバーボンが注がれたグラスを取り上げる。

「未成年、身体に悪いから」

氷川は宥めるように、清和の唇にキスを落とした。いつもならこれだけでも清和の心は和んでくるが、相変わらず殺気立っている。

「…………」

「誰がお酒を持ち込んだの？」

アルコールがささくれだった神経を和らげているのか、助長しているのか、清和の顔を凝視してもわからなかった。こんなことは滅多にない。

「…………」

「そういうことをするのはショウくんかな」

「…………」

清和の反応から、ショウが潔白であることを知った。残る犯人候補はリキとサメだ。

「もしかして、サメくん？」

「…………」

アルコールを持ち込んだ犯人がサメだと知り、氷川は彼への印象を変える。

清和の食生活に目を光らせている氷川がいる場所に、酒を持ち込むとはいい度胸だ。氷川が寝ているとばかり思っていたのかもしれないが。

「今夜はしょうがないか」

「…………」

修行の如《ごと》く口を噤《つぐ》んでいる清和は、氷川と視線を合わせようとしない。知られたくない感情を、懸命になって隠そうとしているかのようだ。

「園子さんのことは僕に任せて」

「…………」

「園子さんにも園子さんの考えがあるんだよ」

「いったいどんな考えだっ」

清和の表情と口調は苛烈で、荒れまくっている心情を表していた。どんな時でも清和は自分に声を荒らげたりしなかったので、氷川は動揺するものの胸が熱くなる。

「清和くん、大丈夫だよ。園子さんは清和くんの幸福を願っている女性だから」

氷川は清和の逞しい身体をぎゅっと抱き締めた。煙草とアルコールの匂いが染《し》み付《つ》いている。

「…………」

清和は押し黙ったまま、一言も口を開こうとしない。氷川のぬくもりを無言で感じているようだ。

らしい。

園子に似た際立つ容姿に触れた瞬間、清和の顔が夜叉《やしゃ》になった。どうやら、地雷だった

「清和くんがかっこいいのは園子さんに似たからだし……」

「…………」

「園子さん、意外と優しいところもあったんだよ」

「言うなっ」

あまりの迫力に、部屋の温度が急激に下がったような気がした。

「清和くん……」

氷川は目を丸くして、清和の顔を自分の薄い胸に抱き寄せた。年下の男の髪の毛を優しい手つきで梳《す》く。

「怒鳴って悪かった」

清和は氷川に向かって声を荒らげた自分を恥じている。

「そんなの気にしなくてもいい」

「……参った」

ポツリと呟くように漏らした清和が、愛しくてたまらなくなる。

「大丈夫だから、安心して」

「…………」

「大丈夫、上手くいくよ」

清和が被《かぶ》っていた組長という仮面が外れた夜でもあった。

6

翌日の朝、時間きっかりにサメが迎えに来た。地味な色のスーツに身を包んでいるサメは、普通のサラリーマンに見える。諜報《ちょうほう》活動を主にしているからか、身体《からだ》に刺青《いれずみ》も彫っていない。本来ならばよほどのことがない限り表に出る仕事はしないのだが、ほかの清和《せいわ》の舎弟たちは頭に血が上っているので氷川《ひかわ》の護衛は無理だ。

「サメくん、今夜は当直なんだ」

今夜は当直で眞鍋《まなべ》第三ビルには帰らない。当直明けだからといって、その日の仕事がないわけではない。医者は肉体的にも精神的にも、強くなければ務まらない仕事だ。

「わかりました」

「園子《そのこ》さんに会うのは明後日《あさって》以降にしてほしい」

明日の夜、当直明けの身体で園子と対峙《たいじ》することは控えたかった。疲労が医療ミスの原因になることは、いやというほど知っている。疲れ果てている時に、大切な仕事は避けたい。

「わかっています」

「ところで、ショウくんは京介《きょうすけ》くんに連絡を入れたの？」

「入れると言ってましたけど、京介がショウを許すかどうかわかりません」

サメは微苦笑を漏らすと、ハンドルを左に切った。

「僕、一人で園子さんに会おうか」

「それだけはやめてください。一人で会うことは断固として反対します」

サメの口調はあくまで優しいが、有無を言わさぬ強さがあった。眞鍋組の裏の仕事を一手に引き受ける男には、静かでいて不思議な迫力がある。

「じゃ、僕が京介くんにメールを入れる」

負傷したショウの代わりに送迎係を務めてくれたことがあるので、京介のプライベートの携帯番号は知っていた。何かあったらいつでも連絡をください、という言葉も京介から頂戴《ちょうだい》している。

「それがいちばんいいかもしれません。お願いします」

京介が氷川に甘いことは周知の事実だ。

病院に着き、会議を終えてから、ロッカールームで京介にメールを打つ。すぐに了解のメールが帰ってきた。

あとは、園子と会う日、会う場所だ。

自然を装《よそお》った出会いをサメは計画していた。

明後日の夜、エステサロンと美容院のはしごをする園子の前に、氷川は京介とともに出ていく予定だ。

患者を抱えている氷川はいつどんな呼び出しがかかるかわからない。

病院から呼び出されたら、氷川は何があっても飛んでいく。

明後日の夜に決行できなかった場合、土曜日の夜、園子は脱毛サロンとネイルサロンに予約を入れている。そちらに変更だ。

当直の夜、サメから届いたメールに目を通した氷川は、すぐに消去した。


当直明けの夜、サメの運転する黒塗りのベンツで眞鍋組のシマに戻った。

ほとんど徹夜なので、氷川は後部座席でうとうとしかけていたが、車窓に眠気が吹き飛ぶような光景を見つけた。

「サメくん、停《と》めて」

もう少しで眞鍋組のシマに入るという通りで、清和の舎弟たちといかにもといったヤクザが揉《も》み合《あ》っている。刃物を手にしている者はいないが、頭から血をだらだら流している眞鍋組の若い構成員がいた。血まみれの彼は間違いなく卓《すぐる》だ。

「とうとう始まりましたか」

サメは他人事《ひとごと》のようにポツリと呟《つぶや》く。

「……え？　何、呑気《のんき》なことを言ってるんだ。卓くんと吾郎《ごろう》くんもいたよね？　相手は藤堂《とうどう》組？　止めないとっ」

チャイニーズ・マフィアとの抗争において、卓と吾郎は身を挺《てい》して清和を守った舎弟たちだ。氷川にとっても可愛《かわい》い男たちである。

「姐《あね》さん、俺、実は太ってる女が好きなんですよ。体重が百キロ以上ある女が最高だと思うんです。でも、そういう女って俺のことを嫌うんですよね。どうしてなんでしょうか」

誰も女の好みなど尋ねていないのに、サメは楽しそうに語りだした。

「サメくん、そんなので誤魔化《ごまか》されるわけがないでしょう。あ、あそこでもケンカ？　あっちでも？」

眞鍋組のシマに入ると、いたるところで小競《こぜ》り合《あ》いが勃発《ぼっぱつ》している。眞鍋組の構成員と藤堂組の構成員が殴り合い、夜の蝶《ちょう》が間に入って仲裁しようとしているところもあったが、どうしたって女では無理だ。

「宇治《うじ》くんと信司《しんじ》くんだ。車を停めて」

クラブ・竜胆《りんどう》の前では、宇治がスキンヘッドの大男と揉み合っている。ジーンズ姿の信司が、頬《ほお》に大きな傷のある男に看板を振り回していた。加賀友禅《かがゆうぜん》を粋《いき》に着こなした志乃《しの》が止めようとするが、荒れ狂う獣たちは聞く耳を持たない。さすがの志乃も困り果てているようだ。

「警察が出てきたら終わるから大丈夫でしょう」

サメはいっさい動じず、平然としていた。

「警察、早く出てきて……って、出てこられたら困るんじゃないの？」

「危ないものは持たせていませんから大丈夫です」

「サメくん、喜多村《きたむら》ビルが燃えている。停めて」

三國《みくに》プロダクションが入っている喜多村ビルから、白い煙が出ていた。ビルの外には人がわらわらと集まっているが、消火活動は始まっていない。野次馬の中に三四郎《さんしろう》や柚子《ゆずこ》を見かけた。

「喜多村ビル、火災保険に入っていてよかった」

サメは眞鍋組資本のビルが燃えていても動じない。火災保険に加入しているからではないだろう。

「ちょ、ちょっと……あそこには三國プロダクションが入っている。祐《たすく》くんが危ない。助けないと」

優しい氷川の言葉を、サメは鼻で笑い飛ばした。

「祐なら心配ありません。狐《きつね》より狡賢《ずるがしこ》い男ですから」

「……は、もう、そこら中、大変なことになってるじゃないか」

氷川は不安に潰《つぶ》されそうな胸を押さえながら、窓の外に広がる夜の街を眺めた。そして、心臓が止まるかと思った。

「サメくん、停めて」

身長が二メートルあると思われる大男に後ろから羽交い締めにされたショウが、幽鬼の気配を漂わせている細い男にビール瓶で殴られていた。

ショウの頭から血しぶきが飛び散る。

飲み屋の看板がショウの頭を狙《ねら》った。

しかし、ショウはやられたままですまさない。

二メートル男の腕から離れると、細い男をビルの壁に投げ飛ばした。ついで、襲いかかってきた二メートルの大男に蹴《け》りを入れてから、窓ガラスに向かって投げ飛ばす。窓ガラスは割れた。

「ブレーキが壊れているみたいです」

しれっと言ったサメは、アクセルを踏み続けた。

「……え？」

「困りましたね」

氷川が乗る車は神経質なくらい点検されていて、今まで走行中におかしくなったことは一度もない。誰かがブレーキに細工したのか、と思い当たった氷川は真っ青になった。

「サメくん、もしかして、誰かの悪戯《いたずら》……じゃないどこかの仕業?」

「そうかもしれませんね、停めたくても停まりません」

口ではそう言いつつ、サメは黒塗りのベンツを停車させた。清和と暮らしている眞鍋第三ビルではなく、眞鍋組総本部の眞鍋興業の裏口でだ。すぐに見張り番として立っていた若い構成員が近寄ってくる。

「サメくん?」

「ブレーキ、壊れていなかったみたいです。よかったですね」

ブレーキの故障は氷川の停止命令を躱《かわ》すための方便だったのだ。甘く整っている顔立ちに陰惨さや苛烈《かれつ》さは微塵《みじん》もないが、間違いなく、サメは眞鍋組の裏の仕事を一手に引き受ける男だった。懲罰係とも言われている。

「サメくんて……」

サメはリキやショウ、宇治や信司といった清和の舎弟たちとはまた違う。摑《つか》みどころがない男だが、清和に対する忠誠は嘘《うそ》ではない。

「俺たちも園子さんに関してはお手上げなんですよ。組長が荒れているかもしれません。どこか……そうですね、気分転換にどこかのデラックスでスイートなホテルにでも泊まってきてくれませんか。今夜は健康だとか生活習慣病とか言わずに、組長に好きなもんを食わせてやってください。ついでに楽しませてやってくださいよ」

サメは運転席から降りると、氷川のために後部座席のドアを開けた。

「いったいどうしたの?」

氷川は広々とした後部座席に腰を下ろしたまま尋ねる。

ドアに手をかけているサメは、忌々《いまいま》しそうに言った。

「園子さん、藤堂組資本の熟女専門のソープで働いているそうです」

氷川は心臓が止まるかと思った。

「……え? ソ、ソープ?」

「藤堂組の奴《やつ》らだけじゃなく、組長を目の敵にしている組の奴らも競うように園子さんを指名しているそうです。組長や眞鍋組を揶揄《からか》うためにでしょう」

まだまだ若い清和の急成長を妬《ねた》んでいる同業者は多い。そもそも、資金繰りに苦しかった眞鍋組の台所を潤したのは清和で、推し進めている近代化の成功も彼の手腕によるところが大きかった。

出る杭《くい》は打たれる。

特に、急成長した眞鍋の昇《のぼ》り龍《りゅう》に、取って代わられた形となった暴力団の陰険な報復は熾烈《しれつ》だ。

藤堂組は新しい利権を巡って、清和と眞鍋組に恩を売ろうとしていた。園子を使ってでも張り巡らせた罠《わな》に清和が落ちないので、ソープというカンフル剤を投入したのかもしれない。

「その……極道の妻って、夫が困ったらソープで働くんでしょう？　その、ソープは極道ではポピュラーな仕事じゃないのか？」

極道の妻の心得は何度も耳にした。清和が追われたら、ソープに身を沈めてでも助けるのが氷川の役目だ。

「失礼ながら、姐さんがソープに身を沈めても、眞鍋組はここまで荒れないでしょう。ほかの組の奴らもあんなに揶揄わないはずです」

「オフクロさんか……」

氷川は車から出ると、大きな溜《た》め息《いき》をついた。

「そうです」

裏口から眞鍋興業ビルに入る。長い廊下を走っていた構成員たちは、突如現れた氷川に立ち止まり、二代目姐に対する挨拶をした。

「お疲れ様です」

下げた頭を上げない部屋住みの構成員にサメは尋ねた。

「組長と橘高《きつたか》顧問は？」

「組長室にいらっしゃいます」

「そうか」

サメに促されて組長室に向かう途中、安部《あべ》を従えた橋高とばったり出会う。普段、氷川は総本部に足を踏み入れないので、橋高は驚いていた。

「姐さん、どうしてこんなところに？」

氷川が口を開く前に、サメが答えた。

「帰る途中、小競り合いをいくつ見かけたと思いますか？」

眞鍋組のシマの荒れ具合は一触即発の様相を呈していた。清和も人の子、実母に対しては日頃の冷静さを欠くゆえ、サメは精神安定剤として氷川を連れてきたのだ。いちいち説明しなくても、橋高には通じた。

「戦争にはしないから安心しろ」

正面玄関に向かおうとする橋高の背を、サメは怪訝《けげん》な目つきで見た。

「顧問、どこに行くんですか？」

「藤堂は俺の弟分だ。会って話をつけてくる」

こちらから出向くということは、藤堂に頭を下げることにほかならない。新しい仕事の譲歩が条件だろう。

「藤堂組長が仕掛けた罠にはまるんですか？」

橋高に近づいたサメには、徹底抗戦の意思がありありと表れていた。おそらく、リキや清和も同じ気持ちを抱いている。

「若い奴らが荒れる気持ちもわかるんだよ。これ以上、抑えられない。下手《へた》をしたら藤堂へヒットマンが飛ぶ。十中八九、藤堂を仕留められずに、生き恥をかくだろう」

捕らえられたヒットマンほど、情けないものはない。

「園子さんの新しい情報は？　うちの若いのから何か入っていませんか？」

打つ手はないかと、サメは頭を働かせている。

「ボンに報告できない情報ばかり入ってくるらしい。あのリキも唸《うな》っていた」

いつでもどこでも憎たらしいぐらい冷静沈着なリキを唸らせる情報とはいったいどんなものか、氷川は想像できなかったが、サメはあっさりと言い当てた。

「下半身ネタですか」

「そうだ」

苦しそうな表情の橘高とサメのやりとりは、大きな溜め息で終わる。氷川は予定していた計画を口にした。

「僕、今からでも園子さんに会って話をつけてきます。園子さんのいるところに連れていってください」

橘高は大きな手をひらひらとさせた。

「だから、園子さん、ソープに放《ほう》り込《こ》まれたんだよ」

「そのソープに行きましょう」

ソープがいかなる場所であるか、世俗に疎《うと》い氷川でもちゃんと知っている。製薬会社などの接待でソープに連れていかれた医者は多かった。ちなみに、氷川はソープ接待を断っている。

「藤堂の目が光っているから無理だ」

「そんなの、もう、客として行きます。僕も男ですから、園子さんを堂々と指名してきます」

氷川はきっぱり言い切ると、サメの腕を摑んだ。

自分がソープに行くなど問題外だと、氷川は聞いて知っているが、背に腹は替えられない。要は園子を連れて帰ればいいのだ。

「い、いや……」

橘高とサメが目を丸くした時、背後から朗々と響くリキの声が聞こえてきた。

「姐さん、園子さんに会ってきてください」

リキの言葉によほど驚いたのか、サメは口をポカンと開けた。

「は？　眞鍋の虎《とら》ともあろう男が、万策尽きてトチ狂ったのか？」

「思いがけない情報が入ったんだ。俺たちや藤堂が知らない園子さんを知っているのは、組長と姐さんだけだからな」

リキは一呼吸置いた後、氷川に向かって頭を下げた。そして、言葉を重ねた。

「姐さん、組長のために命をかけてください」

「断るわけないでしょう。僕の命は清和くんのものだよ」

リキの説明を聞いた氷川は胸を躍らせた。

入念な打ち合わせをしてから、氷川は単身で藤堂組のシマに乗り込んだ。


藤堂組のシマは眞鍋組のシマより何倍もギラギラしている。通りを行き交う人々も、派手な夜の蝶も一様に若い。地面に直接座り込んでいる少女たちのグループが、いたるところに点在していた。道路で踊っている少女たちもいる。新興ヤクザが牛耳《ぎゅうじ》る街ならではか、中年男の姿は見当たらず、飲食店にしろ、ショップにしろ、クラブにしろ、風俗店にしろ、眞鍋組より価格設定は低かった。

薬の売人らしき外国人が通りに立っているのも特徴だ。

藤堂組で薬の売買は最大にして最高の収入源になっていた。だからこそ、藤堂組は金ものを言う現代の極道界において名を上げたのだ。もっとも、薬屋と呼ばれ、歴史のある暴力団からは蔑《さげす》まれているけれども。

氷川の面は割れているのか、藤堂組のシマに入った途端、藤堂組の関係者だと思われる若い男がぴったりと張りついてきた。予《あらかじ》め、藤堂組の尾行がつくことはサメに言われていたので、氷川は驚いたりしない。

「ここだな、熟女専科……」

氷川は頭に叩《たた》き込《こ》んだ地図に従って歩き、目当ての店の前で立ち止まった。『熟女専科』という名のとおり、店側も客側も若い藤堂組のシマには珍しく三十代以上の女性ばかり集められているソープで園子は働いている。客引きは見当たらない。

氷川は禍々《まがまが》しい色で統一されている店内に足を踏み入れた。

「いらっしゃいませ」

黒服姿の若い男性スタッフの歓迎を受けた。氷川が何者であるか、彼は知らないようだ。

「誰にしますか？　赤いランプがついている姫は接客中です」

在籍しているソープ嬢の写真が何枚も飾られている。園子の写真はほぼ中央にあり、『園子』という名前が記されていた。赤いランプが点灯しているので接客中だ。

「園子さんがいいです」

男性スタッフはペコリと頭を下げると、申し訳なさそうな顔で詫《わ》びた。

「あ～っ、園子は今、接客中なんですよ。千加子《ちかこ》はどうですか？　リピーターが多いんですよ」

園子によく似た雰囲気の美女を勧められる。

「園子さんがいい。待つから」

「マノンはどうですか？　優しい姫ですよ」

「園子さんが空くまで待つ」

奥から強面《こわもて》の男が顔をひょっこりと出した。おそらく、氷川が何者か知っている藤堂組の構成員だ。

「ちょっと待ってください」

男性スタッフは奥に引っ込み、何やら話している。

ソープ嬢とともに男の写真が飾られていた。本番禁止を掲げているのに、ソープ嬢に本番を迫った男たちがペナルティとして顔写真を晒《さら》されているのだ。今にも泣き出しそうな顔の男からふんぞり返っている顔の男まで、見事なまでに様々だった。その中に勤務先の同僚医師の顔を見つけて、氷川は顎《あご》を外さんばかりに驚いた。だが、こんなところで驚いている場合ではない。

「いったいなんのご用ですか？」

氷川の素性《すじょう》を知った熟女専科の男性スタッフが一礼する。

「なんのご用って、なんですか、それは？　ここにラーメンを食べに来る客やお茶を飲みに来る客がいますか？　遊びにきたんです」

銀縁の眼鏡《めがね》をかけ、淡い色のスーツに身を包んだ氷川には、いかにもといったインテリのムードが漂っていた。たとえ、眞鍋組の二代目姐でも男である。男である氷川がソープで遊ぼうとしても、店側は出入り禁止は言い渡せないはずだ。

「そりゃ、構いませんが……ご指名を変えていただけませんか?」

「園子さんて清和くんのお母さんなんでしょう?」

氷川は頭の弱い男のふりをした。声音も意図的に変えてみる。藤堂は騙《だま》せなくても、藤堂組資本のソープで働いている藤堂組の下《した》っ端《ぱ》ならば丸め込めるかもしれない。いや、なんとしてでも、園子に会って確かめなくてはならない。

「ここで姫のプライベートは話せないんですよ」

男性スタッフはニヤニヤといやらしい笑みを浮かべた。『姫』とはソープで男性客の相手をしている女性のことだ。

「清和くん、まだ初めての女と切れてないんだ。クラブ・竜胆の志乃ママ、あんな年増《としま》のどこがいい?　そう思わない?」

氷川は悔しさを表すために、男性スタッフのシャツを摑んで思い切り引っ張る。

「は……」

「ぐずぐずしてたら清和くんに見つかる。早く、園子さんのところに案内して」

氷川が園子と遊んだりしたら、清和は最高の赤っ恥だ。それこそ、眞鍋組全体の面子《メンツ》に関《かか》わる。藤堂組にとっては願ってもないことだ。

「痴話喧嘩《ちわげんか》の最中ですか」

「早く、僕っていつも見張り役みたいなのがついているんだよ。今夜は奇跡みたいにやっとまけたんだ」

氷川は左右の手を固く握って力説した。

「困ったな」

「早く、早く、園子さんがいいの。園子さんがいい～の」

氷川は玩具《おもちゃ》を母親にねだる子供のように駄々をこねて、スタッフのポケットに一万円札を二枚ねじ込んだ。

「少々お待ちください」

チップが効いたわけではないだろうが、氷川は泡姫のサービスを受ける個室に通された。

うちとよく似てる、がピンクで統一された部屋の感想だ。バスタブや壁もピンクなら、床もマットもピンクだ。一般家庭では絶対に見られない椅子《いす》もピンクだった。

これが噂《うわさ》に聞くあの椅子か、と氷川がまじまじと見つめていると、あられもない姿の園子が現れた。

「ご指名ありがとうございました。園子です」

驚くべきことに、園子の華やかな美貌はまったく衰えていない。体型も人工的な手が加えられているかのように、変わっていなかった。とてもじゃないが、三十九歳には見えない。子供を産んだ女性の大半に残る妊娠線も見当たらなかった。

ただ、声は若干《じゃっかん》変わった気がしないでもない。

氷川は記憶の糸を手繰《たぐ》って、自分が知っている園子と目の前にいる園子を比べた。

つい先ほど、祐からリキに緊急連絡が入ったという。藤堂が囲っている園子は清和の母親の園子ではない、と。

予想だにしていなかった情報だが、祐の実力を認めているリキは信じた。

彼女が本当に清和の実母である園子か、真っ赤な他人か、暴《あば》くのはあどけない清和を抱いていた園子を知っている氷川の役目だ。

「園子さん、久しぶりです。相変わらず、綺麗ですね。園子さんの大切な清和くんは元気ですよ。今日は昔話がしたくて来たんです。さ、座って」

氷川は客とソープ嬢が絡《から》み合《あ》うマットの上に座った。そして、園子を見つめてマットを軽快に叩いた。

「あの……」

氷川は立ち尽くしている園子の手を引いて、マットに座らせた。正面から向かい合う形で対峙《たいじ》する。

「園子さん、僕のことを忘れたんですか？　昔、近所に住んでいた氷川です。覚えていないなんて冷たいな。園子さんはそんな人じゃなかったはずなのに」

氷川は親しそうに園子に語りかけた。

「ええ、覚えています。氷川家の諒一《りょういち》くんね。ごめんなさい、ここでプライベートの話はちょっと困るのよ」

祐の情報によれば、園子を演じているのは今年二十五歳になる売れないタレントの小巻《こまき》沙穂《さほ》だ。小巻は業界関係者に陰で身体を提供しても、仕事が回ってこなかった。あまりにも売れなかった悔しさからか、美容整形の手術を受けたら、偶然園子によく似た顔になったらしい。キャバクラでバイトをしていた小巻の顔に飛びついたのが、園子を知っていた藤堂だ。小巻に豊胸手術を受けさせ、より園子に近づけた。以降、赤坂《あかさか》のマンションに囲い、園子を演じることの契約を交わしている。

それが真実ならば、藤堂組の大恥だ。

今、リキとサメは必死になって祐の情報の確認を取っている。橘高と安部は本当の園子の消息を当たっている。

清和が中学生の頃、園子は大阪《おおさか》でクラブのママをしていたという。パトロンがついて裕福な生活をしていたらしいが、いつからかぷっつりと行方がわからなくなった。

「清和くんは眞鍋組の組長ですよ。園子さんの彼氏の藤堂組長とは関係があります。そんな固いことは言わないでください」

どこにカメラや盗聴マイクが仕掛けられているか、部屋にどんな細工が施されているかわからないので、氷川はギリギリのラインで言葉を選んでいた。客として来ているのに、ネクタイすら緩めていない。

「怒られるわ」

園子は頬に手を添えたまま、首を小さく振る。そんな園子の仕草にそそられる男は多いだろう。

「怒られません。第一、黙っていればわからないんだし。清和くん、本当に大きくなりました。昔は僕の膝の上でご飯を食べたけど、今は無理です。重くて僕の足が潰《つぶ》れてしまう」

百九十センチ近い清和の身長を知っているらしく、園子は楽しそうに笑った。

「そりゃそうよ」

「清和くんが園子さんの得意料理を僕の膝の上で食べた時は大変でしたよね。覚えていますか？　ケチャップだらけの清和くん」

氷川は笑顔で勝負に出る。

小巻はアドリブに強いタイプらしく、当《あ》たり障《さわ》りのない答えが瞬時にあった。

「ええ、覚えています」

「園子さんが作ったオムライスは最高に美味《おい》しかった」

氷川が知る限り、園子がオムライスなど作ったことは一度もなかった。清和が前掛けもベビー服もケチャップでドロドロにしたのはオムライスではない。白いご飯にケチャップを混ぜたケチャップご飯だ。

「ありがとう」

にっこりと微笑《ほほえ》んだ園子を見て、氷川の胸は高鳴った。

「僕も園子さんが作ったオムライスを作ろうと思うんですけど、どうしても同じ味にならないんです。特別な隠し味でも加えていたんですか？」

「とりたてて、特別なものは使っていないわ」

無難な受け答えに徹する彼女に、氷川は罠を仕掛けた。

「タマネギがたくさん入っていたのは覚えているんですけど」

「ええ、タマネギがポイントよ」

「タマネギ、僕は切るの苦手で」

「ああ、そういう人、結構いるわね。慣れたらなんでもないわよ」

園子は家事全般が苦手で、中でも料理は下手だった。そして、タマネギを切ることができなかった。ゆえに、園子が作る料理にタマネギは含まれていない。

清和がベビー服を卒業した頃だったか、保育園をやめさせられた頃か、小学校に上がった頃か、いつ頃だったか忘れたが、園子は滅多なことでは台所に立たなくなった。テーブルに置いておくパンが、園子が息子のために用意した食事だった。

藤堂はありとあらゆる園子の情報を小巻に叩き込んだかもしれないが、知らないデータは与えることができない。

「清和くんが園子さんの作ったオムライスを食べたがっているんです。一度、うちに来てくれませんか？」

結果はわかった。彼女は清和の実母ではなく、売れない役者だ。氷川は緊張が一気に解けていく。

「藤堂さんに訊《き》いてみないと……」

「わかりました、藤堂さんに僕から頼んでみます」

氷川が立ち上がると、園子こと小巻は慌てた。

「あの……？」

「清和くんのお母さんには何もできませんよ……ううん、それ以前の問題です。僕は清和くん以外とは誰とも何もする気になれない」

氷川は悪戯っ子のように微笑むと部屋から出た。

早々に切り上げてきた氷川に、男性スタッフは戸惑っている。

「あの……？」

「これ以上いたら怒られそうだから帰ります」

氷川が勘定をしようとした時、白いスーツ姿の藤堂が若い構成員たちを連れて店に入ってきた。プレイ後の氷川を待ち構える気だったのかもしれない。

「姐さん、連絡をくれたらお迎えに上がりますよ。あ、お勘定は結構です」

何を考えているのか不明だが、藤堂は親しげに声をかけてきた。周囲にいる若い構成員は、氷川を値踏みするように眺めている。ぷっ、と笑った男もいた。完全に氷川を馬鹿にしている。

「お勘定を払わせてください。楽しませていただきましたから」

清和や橘高がわざわざ出張ることはない。この場所で藤堂に一撃を食《く》らわすことが、いちばん手っ取り早いと氷川は確信した。

「気に入ったんですか？」

藤堂の甘い顔立ちがいやらしく歪《ゆが》んだ。

「はい、ここにいる園子さん、小巻沙穂さんですっけ？　僕が知っている清和くんのお母さんにそっくりでした。さすが、役者さんですね。喋《しゃべ》り方《かた》も園子さんそのものです。感心しましたよ」

氷川が優しい笑顔で真実を暴露すると、並んでいた藤堂組の構成員たちからどよめきが起こった。彼らは藤堂が囲っている女が清和の実母の園子だと、信じて疑わなかったのだろう。

「そうですか」

藤堂は顔色をまったく変えず、どうにでも取れる返事をする。

「僕、清和くんのお母さんのことはちょっと知っているんです。懐《なつ》かしくてたまらなくなりました。藤堂さんがお金をかけてあんなに園子さんに似せた小巻沙穂さんを、清和くんにも会わせてあげたい。喜ぶと思いますから」

藤堂は敗北宣言とも取れる言葉を、やけに穏やかな口調で述べた。

「二代目にはもっといい女を用意します」

「清和くんにいい女を用意しないでください、妬《や》けるので」

氷川は小悪魔的な微笑で藤堂を圧倒した。


店を出ると、ネオンの洪水の海の中をスーツ姿のサメが駆け寄ってくる。ほかに眞鍋組関係者はいない。

氷川は送ると言い張っている藤堂を振り切って、サメの元に行った。

藤堂もサメの姿を確認し、肩を竦《すく》める。

サメは藤堂に向かって礼儀正しい挨拶をした。彼もまた橋高の兄弟分に対する礼儀を守っている。

氷川はサメとともに酒臭い若者が騒いでいる夜の街を通り抜けた。そして、二十四時間営業の喫茶店の前に停めていた白いシーマに乗り込む。この街でグレードの高いベンツは悪目立ちするので、国産のシーマに抑えたのだ。

「サメくん、彼女は小巻さんだ。園子さんじゃない」

氷川がすべてを話すと、サメは高らかに笑った。

「そうですか、先生がもう化けの皮をはがしてきたんですか」

「藤堂組長はあんまりこたえてなかったみたいだけど」

藤堂の端整な顔が屈辱で歪むことは一度もなかった。清和や若い構成員たちの荒れ具合を知っているので、少しぐらい藤堂を苦しめたかったと思う。

「いえ、充分だと思いますよ」

楽しそうに笑い続けるサメに、氷川はほっと胸を撫で下ろした。さしあたって、藤堂組と眞鍋組の戦争が回避されることだけは確かだ。そればかりか、ことによれば、眞鍋組が優位に立つ。

「眞鍋組のシマではまだ乱闘騒ぎが続いているの?」

「ファミレスの店長が警察に連絡したらしく、とうとうおまわりが出てきました。なので、もう、乱闘騒ぎは静まっています」

「そっか……って、誰か捕まったのか？」

安心しかけた氷川は、慌てて目を見開いた。

「逮捕者は出ていませんから安心してください」

信号待ちのためにブレーキを踏んだサメは、優しく微笑んでいる。

車は藤堂組のシマを通り抜け、関東随一の勢力を誇る尾崎《おざき》組のシマに入っていた。こちらは大人の男のための夜の街だ。

「よかった。ショウくんや宇治くんたちは無事？」

氷川の心配の種は一つや二つではない。

「もうちょっと血を流したほうがよかったっていうくらい元気です」

「よかった」

安心したせいか、緊張の糸が切れたのか、夜勤明けでハードに一仕事を終えた氷川は後部座席で寝てしまった。

寝息を立てている氷川に気づいて、サメは口元を緩める。それから、報告を待《ま》ち侘《わ》びている清和に携帯電話で連絡を入れた。

7

ピンポーン、ピンポーン、ピンポーン、ピンポーン、ピンポーン、とインターホンが鳴り響いている。

目覚めると、氷川《ひかわ》はピンクの洪水の中で寝ていた。自分で着替えた覚えはないが、パジャマに袖《そで》を通している。隣に愛《いと》しい男はいない。

しつこく鳴り続けるインターホンを聞きながら、氷川はクマの目覚まし時計で時間を確かめた。

「嘘《うそ》だろ」

眼鏡《めがね》をかけて、もう一度、今の時刻を確認する。本来ならば、勤務先に向かっている時間帯だ。

インターホンをピンポンラリーの如《ごと》く鳴らしているのは、今日の送迎係に違いない。

「ヤバイ、遅刻するっ」

ベッドから飛び降りて、ドアのロックを解除する。

「おはようございます。先生？　起きていますよね？」

心配そうなサメの声が、開け放たれた玄関口から聞こえてきた。

「サメくん、ごめん、寝坊したっ」

氷川はパジャマの上着を脱ぎつつ、白いシャツに袖を通した。シャツのボタンを悠長に留めている暇などない。パジャマのズボンを勢いよく床に脱ぎ捨てて、スーツのズボンを穿《は》く。靴下とネクタイをスーツの上着のポケットに入れる。顔なんて洗わなくても死んだりしない。髪の毛がボサボサでもたいしたことはない。が、鞄《かばん》が見当たらないので部屋を後にすることができない。

右往左往している氷川の気配を感じたのか、サメは穏やかな挨拶《あいさつ》とともに部屋に上がってきた。

「先生、大丈夫ですか？　昨夜《ゆうべ》はお疲れだったでしょう？」

眞鍋《まなべ》組のシマは平穏を取り戻したのか、ショウや宇治《うじ》は無事なのか、藤堂《とうどう》組はどう出たのか、サメに尋ねたいことはたくさんあるが、今の氷川にそんな時間はない。

「鞄がないんだ」

床にもソファにも棚にも、捜している鞄はない。氷川はスーツの上着を手にしたまま、真っ赤な顔で部屋中を走り回った。床に飾られていた天使の置物や鉢植え造花を倒してしまう。

「鞄？　昨日持っていた鞄のことですか？」

氷川が倒した天使の置物や造花を、サメが直していく。気が回る男なのか、廊下に落ちていたゴミも拾っていた。

「うん」

「昨夜、自分がベンチに置きました」

サメは通ってきた廊下を親指で示した。

「え？　ベンチに？」

サメの言葉どおり、鞄は荷物置きとして玄関口に近い廊下に置かれている可愛《かわい》いデザインのベンチにあった。

「よかった」

「先生、シャツのボタンを留めてください」

はだけた白い肌には、清和の所有の印であるキスマークが花弁のようについていた。純情からは程遠いはずのサメが、目のやり場に困っている。

「時間がないんだ」

「俺に任せてくだされば、絶対に遅刻はさせません。ですから、まず、ボタンを留めてください」

氷川はサメの懇願に負けて、ワイシャツのボタンを留めてからネクタイを締めた。スーツの上着に袖を通し、靴下も穿く。

「先生、バイクで行けばすぐです」

サメは氷川の鞄を持って、エレベーターのボタンを押した。

「バイク？」

「はい、バイクには信号待ちがありませんから」

平然とした顔で大嘘をつくサメに、氷川は目を大きく見開いた。

「バイクにも信号待ちはあるだろう」

「いや、ないんですよ」

エレベーターに乗り込んだサメはニヤリと微笑《ほほえ》む。ようやっと、氷川はサメの言い回しに気がついた。

「つまり、バイクに信号待ちはないって思え、ということなんだね」

「ショウほどのテクはありませんが、リキよりはありますので安心してください。事故りません」

「事故を引き起こすくらいなら、遅刻のほうがずっといい」

「わかっています」

眞鍋第三ビルの駐車場に停《と》めてあった大型バイクで、明和《めいわ》病院に向かう。

氷川は今までバイクに縁がなかった。サーキットを疾走するドライバーの如くブレーキをかけないサメに、氷川の目は回りかける。

だが、氷川はサメの背中にしがみついて、離れなかった。もちろん、悲鳴も上げなかった。

わがままな患者に神経質な先輩医師、有能だがきつい女性看護師、氷川の仕事は普段となんら変わらない。

いつもより早めに日常業務を切り上げて、サメがハンドルを操る車で帰路につく。

「それで、丸く収まったんだね?」

氷川は仕事中も気がかりで仕方がなかったことを尋ねた。

「先生が身体《からだ》を張ってくださったんです。丸く収めないと角が立ちます」

「どうなったの?」

協力してもらった以上話さないわけにはいかないと前置きをしてから、サメは語りだした。

昨夜のうちに、藤堂の愛人は清和の実母でないと広まっている。電光石火《でんこうせっか》の速さで噂《うわさ》を広めたのは、ほかでもないサメと、その一派だ。

それだけでもう、結末は決まった。

藤堂組の完全な敗北である。

もっとも、真実が発覚することを考慮していたのか、用心深い藤堂は愛人の園子《そのこ》が清和の実母だと、一度も口にしていない。園子を知っている関係者たちが、口々に騒ぎ立てたというのが実情だ。もちろん、派手に騒ぎ立てるように仕向けたのは藤堂である。園子に化けた小巻《こまき》も、当《あ》たり障《さわ》りのない受け答えでずっと通していたらしい。自分では絶対に清和の実母だと名乗らなかったそうだ。また、そんな話をさせなかった。男たちも話より、清和の実母の身体が目的だったから上手《うま》くいったのだろう。

しかし、笑顔の氷川の猛攻に小巻は負けた。

氷川が乗り込んでくることを、小巻と藤堂が想定していなかったのは確かだ。

「藤堂を追い詰める材料にしては少々生々しいので、今回は見逃します」

今回のことについて、眞鍋組は藤堂組に苦言を入れない。すべてなかったものとして流す。

これが、藤堂への貸しの一つになることは、組長である藤堂もよくわかっているはずだ。

新しい仕事の利権について、優位に立つのは眞鍋組である。

「うん、全部綺麗《きれい》に流せばいいんだよ」

すべて片づいたと晴れやかな気分になったが、サメは理解しがたいことを楽しそうに言った。

「ショウや宇治なんかは今でも荒れていますけどね」

どうして彼らが荒れているのかわからなかったので、氷川は首を傾《かし》げてしまう。

「どうして？」

「組長の実母という存在をああいうふうに使ったのが許せないんですよ」

「もう、それぐらいで……」

若い男の熱さと潔癖さには感動を通り越して馬鹿馬鹿《ばかばか》しささえ感じてしまう。惚《ほう》けてしまった氷川は、身体のバランスを崩して車の窓に頭をぶつけた。

「それぐらいで、と思われるかもしれませんが、そういう世界なんです」

極道の匂《にお》いが微塵《みじん》もしないサメに、極道について説かれた。氷川は今さらながらに特殊な世界の実態に戸惑う。

「馬鹿みたい」

氷川の率直な感想を聞いても気分を害した様子はない。サメは楽しそうに笑うと、ウインカーを出した。

「そうです、みんな、馬鹿です」

「サメくんもリキくんも馬鹿？」

「そうです、先生の大切な組長も馬鹿です」

「そんな馬鹿が好きな僕も馬鹿」

馬鹿談義が終わった頃、眞鍋第三ビルに到着する。

地下の駐車場に入ろうとした時、ビルから出てくる清和を見つけた。その傍《かたわ》らには当然のように胸に金バッジをつけたリキがいるし、地味なスーツ姿の祐《たすく》もいる。

「あ、清和くんだ」

向こうも黒塗りのベンツに気づいたらしく、リキが手を軽く上げる。

サメが車を停めると、リキが近づいてきた。

「サメ、ちょうどいい、『嘉島《かしま》』でメシを食うから一緒に」

「ああ」

リキに後部座席のドアを開けられて、氷川は清和が佇《たたず》んでいる外に出た。

「メシを食いに行く。先生も一緒に」

清和に促されて歩き出したが、氷川は確かめなくてはならないことがある。

「清和くん、外食は身体によくないんだよ。わかってるよね？　何を食べるの？」

騒動があった後なので大目に見るべきだとわかっているが、注意だけはしなければ気がすまない。

「会席だからいいだろう」

清和は堂々としているが、会席もいろいろとあるので安心できない。それでも、氷川は面と向かって反論することができなかった。

かった文句を呑《の》み込《こ》んでしまう。

「会席か……」

清和に『節約』なるものも叩《たた》き込《こ》みたいが、澄んだ目を見ていると、氷川は喉《のど》まで出かかった文句を呑み込んでしまう。

「新しくできた店の評判がいいらしい。行くぞ」

眞鍋第三ビルから少し離れた場所に建つビルの最上階に、会席料理の店が新しく開店していた。和服姿の女性に案内されて、しっとりとした趣の個室に通される。

食前酒に当たる梅酒を一口飲んでから、おもむろに清和が切り出した。

「先生、三國《みくに》祐がリキの舎弟になった。覚えておいてくれ」

清和の紹介とともに、リキと祐は揃《そろ》って頭を下げる。

「祐くん、ヤクザなんかになっては駄目だ」

パン、と氷川は両手で卓を叩いていた。威嚇でもなんでもない、自然に出た動作だ。

「仰《おつしや》ると思いました」

無言の祐に代わり、リキが返事をする。いや、眞鍋組の構成員となり、リキの下についたので己の立場に徹しているのだ。今の祐は芸能プロダクションの経営者ではなく、平の眞鍋組の構成員である。

「どうして許したの？　安部《あべ》さんは？」

安部が許すとは到底思えなかった。

「今回の一件、姐《あね》さんにもお世話になりましたが、祐の情報がなければどうなっていたかわかりません。自分の弱点を改めて知りました。そして、自分にとっても組長にとっても眞鍋組にとっても、祐が必要だと判断しました。安部さんにも了解をいただいています」

リキの言葉どおり、今回は祐から入った情報でことなきを得た。それは誰もが認めるところだ。

「安部さんが許したの？」

氷川が驚きのあまり、箸《はし》で摘《つま》んでいた銀杏《ぎんなん》を卓に落としてしまう。清和は転がる銀杏を目で追っていた。

「はい、安部さんも許可しないわけにはいかなくなったのです。誰一人として、藤堂の愛人が別人だなんて夢にも思いませんでしたから」

安部は眞鍋組の最高幹部の一人である。眞鍋組の弱点を補う人材が現れたら、承知しないわけにはいかない。

「ま、それは僕もだけど」

「園子さんに化けた女を疑って調査したのは祐だけでした。役者だと目星をつけたのも祐です」

リキは自分の右に座っている祐に視線を流した。左に座っていたサメも箸で高野豆腐《こうやどうふ》を突《つつ》きながら頷《うなず》いている。

祐は自分の手柄を誇ることなく、無言で軽く頭を下げた。非の打ち所のない舎弟ぶりだ。


「眞鍋組のためにはいいんだけど……」

氷川は隣にいる清和の横顔をチラリと見た。

清和と眞鍋組のことを考えたら面と向かって反対できない。清和が修羅《しゅら》の世界から足を洗わないのならば、優秀で信頼できる男は喉から手が出るほど欲しいところだ。

「姐さん、よろしくお願いします」

リキがこうやって祐を紹介するということは、新参者が幹部候補であることを示している。だからこそ、清和も氷川と会わせたのだ。

「祐くん、お母さんと安部さんを泣かせないでほしい。わかったね？」

氷川が真摯《しんし》な目で言うと、祐は深く頷いた。

「わかっています」

「お母さんにはなんて伝えたの？」

「何も」

軽く答えた祐に、氷川は戸惑うしかなかった。

「何もって……」

「うちはそういう母子《おやこ》なんです。オフクロには俺が三國プロダクションを設立したことも知らせていません」

祖母が亡《な》くなって以来、祐は実家には一度も戻っていない。母親からもなんの連絡もないそうだ。

今はこれ以上、祐の内部に踏み込んではいけないような気がした。氷川は新たな気がかりを口にした。

「……は、それで、その三國プロダクションはどうなったの？」

喜多村《きたむら》ビルの火災の火元は三國プロダクションだった。幸い、負傷者は一人も出ていない。

「カレンって覚えていますか？」

女装した相撲取《すもうと》りにしか見えなかった歌手志望の十七歳だ。あまりにもインパクトが強すぎて、今でも顔や身体のラインをはっきりと覚えている。

「覚えている」

「カレンお手製の時限爆弾が送られてきたんです。またいつものいやがらせだと思って、宇治が放《ほう》りっぱなしにしていたんですよ」

「あの子、そんなことを……」

カレンのしでかした事件に、氷川はひたすら驚いた。

「女を怒らせると怖いんです」

カレンはショウから向けられた罵倒が許せなかったようだ。女を語る祐には嫌悪感《けんおかん》に混じって畏怖《いふ》の念も含まれていた。

「は……それで？　三國プロダクションはどうするの？　眞鍋組の構成員だったら詐欺《さぎ》は駄目でしょう？」

「知り合いのプロダクションにタレントを全員引き取ってもらうことになりました」

祐は芸能プロダクションの経営から手を引く。

「そこはまともなプロダクション？」

「はい」

祐の返事と態度で判断すれば正規のプロダクションに思えるが、隣にいる清和を凝視して、氷川は不信感を募らせた。

「設立して何年のプロダクションなの？」

「五年ですね」

プロダクションというものにとって五年の歴史がいかなるものなのか、氷川には判断できない。心の隅に引っかかっていたことを尋ねた。

「柚子《ゆずこ》さんはどうしたの？」

「新しいプロダクションに行きました」

「健太《けんた》くんは？」

訊《き》くのが怖い気がしたが、氷川は訊かずにはいられない。

「ああ、きっちりと離婚したそうです。親権も取って、健太くんは柚子ちゃんに引き取られました」

思いがけない結果に、氷川は口をポカンと開けた。

「は……」

「なんてことはない、つい最近、ご主人に再婚話が持ち上がったそうで、それで健太くんを手放したくなったそうです」

男とはこういうものなのか、柚子の夫は前向きな人生を歩むことにしたらしい。新しい女性と人生を出発するのに、実母を慕い続ける健太がいては邪魔になる。いや、この場合、健太は柚子のもとに行ったほうが幸せだろう。

「柚子さんはそれでやっていけるのか？」

柚子は五歳の子供を抱えて生活できるのか、園子と清和の母子家庭を知っているだけに心配だ。

「柚子ちゃんは健太くんを養うためにキャバレーで働き出したみたいです。ご両親の援助も受けているみたいですよ」

微笑を絶やさない祐の言葉を聞いて、清和の雰囲気が少しだけ柔らかくなった。清和も柚子を実際に見ているだけに気にかけていたのだろう。母を求めて泣く子供の苦しみは誰よりも知っているかもしれない。

「じゃあ、夢も子供も諦《あきら》めなくていいんだ」

柚子の夢に対する情熱と健太の嘆きを知っているので、氷川は安堵《あんど》する。小鉢に盛られた京野菜を箸で挟む手も軽くなった。

「そうですね」

相槌《あいづち》を打った後、祐は湯葉《ゆば》で巻いた海老《えび》を口に放り込んだ。

「その新しい芸能プロダクションの名前は？」

氷川はプロダクションの名前など聞いてもわからないが、なんの気なしに尋ねた。

「ベッキーズ・プロです」

記憶力のいい氷川の脳裏に深津《ふかつ》との会話が蘇《よみがえ》った。ベッキーズ・プロは、深津の先輩医師の娘が騙《だま》されているのではないかと疑っていた芸能プロダクションの名前だ。氷川は箸を持ったまま声を張り上げた。

「ベッキーズ・プロ？　渋谷《しぶや》にあるベッキーズ・プロのこと？　詐欺じゃないのか？」

「ご存知なんですか。詐欺じゃありませんから安心してください」

にっこりと甘く整った顔で微笑んだ祐に、氷川は開いた口が塞《ふさ》がらなかった。

清和もリキもサメも、一言も芸能プロダクションについては触れない。意図的に避けているのだ。

どちらにせよ、最高に曲者《くせもの》でいて頼もしい男が眞鍋組に加わった。

上品な味付けの会席料理を食べ終えて、店を出る。乗り込んだエレベーターが三階で止まると、寿司屋《すしや》の紙袋を手にした京介《きょうすけ》が立っていた。

「失礼しました」

京介は女性を虜《とりこ》にする笑顔を浮かべて後ずさる。どうやら、眞鍋組の組長及びその腹心と同じエレベーターに乗りたくないらしい。その理由は、清和のしつこい眞鍋組への勧誘だけではないようだ。

「京介、乗れよ」

祐がボタンを押したまま、京介に声をかけた。

「先生までお揃いなんて珍しいですね」

逃げられないと悟ったのか、京介はエレベーターに入ってきた。チン、という音を立ててドアが閉まる。京介が入ってきただけで、狭くて潤いのないエレベーターの内部が華やかになるのだから不思議だ。

「今、ショウはお前のところにいるんだな」

明後日《あさって》の方角を見つめている京介に、清和は確認するように尋ねた。

「ショウが言ったんですか？」

京介は不愉快そうな顔をした。

「いや、何も聞いていない。昨日、真里菜《まりな》に逃げられたと聞いただけだ」

ショウと真里菜の破局を聞いた氷川は驚いたが、清和の言い方にも戸惑った。それは京介も同じ気持ちらしい。

「真里菜に逃げられたからって、どうして俺のところなんですか？」

「ショウが行くところといえば、お前のところしかないだろう」

清和が真剣な顔できっぱりと言い切ると、リキやサメ、祐も深く頷いた。

エレベーターが一階につき、コーヒーショップ、ケーキショップ、チョコレート専門店、ベーカリーなど、いろいろなショップが入っているフロアを進んだ。閉店時間が近づいているので、スタッフの声による値引きの宣伝が耳につく。

京介は大きな溜《た》め息《いき》をついてから、昨夜のことを喋《しゃべ》り出《だ》した。

「昨日の夜、ショウはいきなり転がり込んできました。それもベランダから」

氷川は京介が住んでいたマンションを脳裏に浮かべる。京介は洒落《しゃれ》たタイル貼《ば》りのマンションの五階に住んでいた。不審者として通報されなくて幸いだ。

清和はショウの侵入場所に驚いていた。

「ベランダから？」

「俺、ショウを部屋に入れるつもりがなかったので」

ショウが訪ねてきてもドアを開けなかった京介の気持ちは、清和もわからないではないようだ。

「ん……」

「いったい俺をなんだと思っているんですか？　ある日突然、ショウがいなくなったと思ったら、冷蔵庫に入れていたワッフルもありませんでした。二十個もあったのに、一つくらい残していてもいいと思いませんか？　真里菜っていう女ができたっていうのは、宇治から聞きました。ショウからは一言もありません」

不義理の限りを尽くしているショウを詰《なじ》る京介の目は、完全に据わっていた。暴走族時代の名残《なごり》か、周囲の空気がガラリとダークなものに変わる。

「……そうか」

「それで、女に逃げられたからってまたうちに転がり込むんですか？　あいつ、いったいなんですか？」

口ではショウを罵《ののし》っているが、許していることは明白だ。ベランダから侵入したショウは、何度も京介に詫《わ》びたのだろう。

「それでも、ショウを頼んだぞ」

清和は京介の肩をポンと叩いた。

「俺の忍耐にも限度がありますからね」

ビルを出たところで、京介とは別れた。京介はマンションに向かい、氷川は清和とともに眞鍋第三ビルに戻る。

清和のプライベートルームになんの異状もないと確かめると、リキと祐は帰っていった。

手を洗い、うがいをしてから、氷川は清和に尋ねた。

「清和くん、それでショウくんは？」

「橘高《きったか》のオヤジと一緒にシマを回っているはずだ。明日の迎えはショウだ」

氷川はベッドルームに入ると、クローゼットの中からハンガーを二つ取り出した。清和の上着と自分の上着をそれぞれハンガーにかける。床には今朝、脱ぎ捨てたパジャマが落ちていた。

「真里菜ちゃん、どうしてショウくんから逃げたの？」

氷川は清和のネクタイを緩めながら、二人の決別の理由を尋ねた。

「生理だとショウは言っていた。いつものことだ」

「ショウくん、真里菜ちゃんが逃げても、追いかけるとか言ってなかったっけ？」

真里菜の実家の住所や交友関係を調べ上げているから逃げられても捕まえられると、

ショウは高《たか》を括《くく》っていた。

「逃げられたとわかった途端、ショウは京介のマンションに行った。もう、それでわかるだろう」

女に逃げられたとあっては男の面子《メンツ》に関《かか》わる。眞鍋組の関係者に真里菜の捜索を依頼したが、ショウ自身が動くことはなかった。まるでそうすることが当然であるかのように、京介のマンションに舞い戻ったのだ。そんなショウを可愛いと思うか、自分勝手で図々《ずうずう》しい男だと思うかは、人によって違うだろう。

「そういえば、さっき京介くんが持っていた寿司屋の紙袋には、寿司の折り詰めがぎっしり入っていた。一人で食べるのには多すぎるよね」

ショウの大好物の一つは寿司だ。京介が美味《うま》いと評判の寿司をわざわざ買いに来たのは、自分が食べるためだけではないに違いない。京介とショウのケンカを思い出した氷川は、言葉を続けた。

「ショウくん、またあのお寿司を一人で食べるのかな」

ワッフルを一度に二十個食べられるショウならば、あれくらいの寿司は一気に食べつくすはずだ。しかし、何度も何度も食べ物では京介の鉄拳《てっけん》を食《く》らっている。懲りないショウに反省の色は見えないというか、あまり深く考えていないフシがあった。

せめて、今回の寿司はにぎりの一個でもいいから、京介に残しておくべきだ。

る。

「ショウに一人で寿司を食うなと釘《くぎ》を刺しておくか」

清和は携帯電話を取り出すと、ショウにメールを打った。滑稽《こっけい》なようで微笑ましくもあ

「ショウくんと京介くんていったい……」

氷川は首を傾げて、引き抜いた自分のネクタイをネクタイ掛けにかけた。

ショウと京介は友情以上恋人未満というものなのだろうか。いや、もしかしたら、恋人以上なのかもしれない。

恋人同士だったならば、ショウの言動は京介にとって許しがたいはずだ。お互いに恋愛感情を持っていたら、もう少し関係は違うだろうし、かといって単なる熱い友情で結ばれているだけの二人ではない。

「俺にもあの二人のことはわからない。……が、京介は眞鍋に欲しい」

「無理だよ」

氷川はきっぱりと言うと、清和のシャツのボタンを外す。腹部に殴打《おうだ》の痕《あと》を見つけて、氷川は真っ青になった。

「清和くん、これはどうしたの？」

最後に清和の身体を見た時に、こんな痕はなかった。

「……………」

「僕に言えないようなことをしたの？」

氷川は慈《いつく》しむように殴打の痕を優しく撫でた。

「違う」

「じゃあ、どうしたの？」

目が潤んだ氷川の詰問《きつもん》に、清和は音を上げた。

「祐から情報を貰《もら》って、リキが計画を立てた。俺は許さなかった。先生を危険な目に遭わせたくなかった」

敵陣に値する藤堂組のシマに、氷川が一人で乗り込むこと自体危険だ。清和はリキから計画を聞いた時点で却下した。

「別に危険なことはなかったよ。それで？」

「俺が許さなかったら、リキに一発食らった」

清和を諭す余裕がないと判断したのか、どんなに説得しても無駄だと思ったのか、リキは腕力で計画を実行させようとした。

「……は。リキくん……」

眞鍋の虎《とら》の苛烈《かれつ》さに、氷川は驚くとともに感心した。そういう男だからこそ、若い清和の頭脳として眞鍋組を回すことができるのだ。

「危険な目に遭わせた。すまない」

何があっても守ると決めていた氷川に危ない仕事をさせてしまった清和は、後悔に苛《さいな》まれている。

「全然」

リキは氷川の安全を予想していたから決行したのだろう。藤堂組も構成員たちも、氷川の前ではおとなしいものだった。

「……悪い」

この謝罪はいろいろな意味に対しての詫びだ。声を荒らげたことや目の前ですさんだことも含まれている。

「清和くんは何も悪くないよ」

氷川は清和に抱きついて、その広い胸に顔を埋《うず》めた。自分を守りたがっている男は温かくて頼もしい。

「いや……」

「もっと甘えて」

正直に言えば、子供の時のように甘えてほしい。お互いの立場と関係が変わったのはいやというほど承知しているが、ほんのたまにでいいから、少しぐらい甘えてほしかった。

「………」

「僕の前では子供でいいのに」

氷川の前でこそ、清和は大人の男でありたいのだ。誰よりも頼りになる男でもありたい。

そんな清和の気持ちは氷川もわかっているが、可愛い男が遠くに行ってしまったようで寂しくてたまらなかった。

「…………」

「僕、もう頭が変になるくらい清和くんが可愛くて仕方がないんだ」

氷川は清和に対する苦しいまでの甘い思いを口にした。じっとしているのももどかしくなってきて、清和の顎先《あごさき》を軽く舐《な》める。それから、背伸びをして、清和の唇に自分の唇を押し当てた。

清和の広い背中に回した氷川の腕の力は自然と強くなる。ほっそりとした氷川の腰に回った清和の腕もそうだ。

「先生……」

声音はいつもと変わらないが、清和の万感の思いが込められている。

「食べてしまいたいほど可愛い」

齧《かじ》るつもりはなかったが、清和の耳朶《みみたぶ》を甘く噛《か》んだ。

「…………」

「清和君と一緒にいるだけでおかしくなるし、清和くんがいないだけでおかしくなる。もう、僕、本当に駄目なんだよ」

清和依存症かな、清和中毒症かな、と氷川は勝手に病名を作っていた。一度使ったら抜け出せない麻薬のように、清和という男に参っている。

「俺もだ」

「いつも涼しい顔してるのにね」

煽《あお》るつもりで、氷川は自分のシャツのボタンを上から順番に外していく。現れた肌に清和の視線は止まった。

「…………」

「今回はいろいろな顔が見られて嬉《うれ》しかった」

氷川はシャツを脱ぎ捨てると、後ろを向いて、ズボンに手をかけた。羞恥心《しゅうちしん》からか、清和の目前でズボンと下着を脱ぐことを避けた。

だが、そちらのほうが若い男を煽ることになったらしく、清和の双眸《そうぼう》に明確な欲望が現れた。

「…………」

一糸纏《いっしまと》わぬ姿になってから、清和をベッドの上にいざなった。二人分の重みを受けたキングサイズのベッドが鈍い音を立てて軋《きし》んでいる。

「本当の園子さんがどこで何をしているのか知らないけど、許してあげようね」

「…………」

園子の名前を出した途端、清和の目が少しだけ曇ったが、氷川のなまめかしい裸体に触れているので荒れたりしない。

氷川もそのことは見越していた。

どんな名門の子息でも、どんな秀才でも、どんな生真面目《きまじめ》な堅物でも、若い男である限り、最高の鎮静剤は身体だ。

「僕は園子さんに感謝しているんだよ。園子さんは清和くんを産んでくれたんだから」

眼鏡を外してから氷川は逞しい清和に身体を載せた。ぴったりと身体を密着させて、清和の身体の熱さを測る。

「あの女……」

園子を指していることは、確かめなくてもわかった。

「お母さんのことをあの女なんて……」

清和のシャープな頬に、氷川はほんのりと染まった自分の頬を擦《こす》りつけた。

「大阪《おおさか》からの消息が途絶えているんだ。だが、今回、どこで何をしているのか調べることにした。二度とこんな騒動を起こさせないためにも」

母親に激しい拒絶感を抱いていた清和だが、組織の頂点に立つ者として、折り合いをつけていた。園子を見つけたら、場合によっては眞鍋組に引き取るだろう。

「見つかったら僕にも教えて」

「ああ」

「園子さん、苦労していなければいいな」

氷川が清和の肩口に顔を埋めると、低い声で思いがけないことを尋ねてきた。

「先生、実の両親に会いたいか？」

思いがけないことを言われたので、氷川は清和の肩口に埋めていた顔を上げた。

「そりゃ、どんな人か会えるものなら会いたいよ」

「調査させようか」

「手がかりがまったくないんだ。調べようがないと思う」

氷川は生後ひと月足らずで施設の前に捨てられていて、出自がわかるものは何も添えられていなかった。毛布に包まれていただけだ。

実の親が名乗り出ない限り、

「それでも、会いたいのならば調べてみるか？」

「そうだね。でも、どうしたの？」

今まで清和とこのような話をした覚えはない。いったいどういう心境の変化か、氷川は清和の顔を覗《のぞ》き込《こ》んだ。

「もし、先生の母親や父親が出てきて俺とやり合うことになったらどうする？　利用され

ることもあるかもしれない」

実の両親がいかなる人物か不明だが、清和と戦う立場にいるかもしれない。また、清和の敵に利用される危険性もある。普通、極道の戦いは極道だけで、妻子に被害は及ばないはずだが、マフィア化された暴力団組織はどんな手を講じるかわからない。氷川の実の両親は災いの種になる可能性もあるのだ。

「そんなことを考えたのか」

「絶対にないとは言い切れないからな」

今回の園子の一件で、清和はほとほと懲りたようだ。氷川が知らないだけでもっといろいろとあったのだろうが、精神的にだいぶ追い詰められたらしい。

「まず、本当の母親にしろ父親にしろ会ったならば言う言葉は決まっているんだ。この世に生まれさせてくれてありがとう、って」

自分が望まれて生まれてきたわけではないことは、氷川も重々承知していた。恨んでいないと言えば嘘になるかもしれないが、母親も父親も恨んでいないと口に出せる。

「…………」

「清和くんと会えたから生まれてきてよかったと思う。僕のほうが十年も先に生まれちゃったけど、十年早かったから出会えたんだよね」

氷川にとっては清和がすべてだ。たとえ、実の両親が現れても、それで清和に対する気持ちが変わることはない。絶対の愛を清和に捧《ささ》げている。

「先生……」

「僕は清和くんがいないと息をするのもいやだ」

清和がいない日々を考えることすら、氷川はできなくなっていた。氷川は清和の存在で弱くもなり、強くもなる。

「俺もだ」

「だから、とりあえず、無事でいて」

一歩間違えれば抗争に発展していたかもしれない。そうなれば、清和が最大のターゲットだ。

「すまない」

「面子もプライドもなんでもいいから、僕のもとに必ず戻ってきて」

「わかっている」

清和の胸に耳を当てると、規則正しい鼓動が聞こえてきた。下半身の間に右足を入れると、硬くなっている分身に当たる。

「清和くん……」

氷川はズボンに覆われている清和の股間《こかん》に触れた。

「いいのか？」

「うん」

氷川が清和の目じりにキスを落とすと、身体がゆっくりと反転した。ピンクのシーツの波間に氷川は沈み、硬い筋肉で覆われた清和の若々しい身体を受け止める。

「先生……」

雪の日を連想させる清和の目は冷たいが、子供の頃と同じように悲しいくらい澄んでいる。

「こんなに好きな人ができるなんて、昔は思わなかった」

首筋を唇で辿《たど》られて、氷川は身体を微《かす》かに震わせた。敏感な肌にかかる清和の吐息も甘苦しい。

鎖骨から胸元にかけて、清和の所有の証《あかし》がつけられていく。

「俺は昔からそうだったけどな」

「僕よりケチャップご飯やアイスクリームが好きだった時代があったみたいだけど？ま、その時でも僕の顔を見たらすっ飛んできてくれたっけ。雨が降っていても、雷が鳴っていても、よちよちと転びそうになりながら僕のところに来てくれたんだよ」

水溜まりで転んでも、ブロック塀にぶつかっても、ベビー服姿の清和は氷川の元に駆け寄った。

「その頃の話はやめてくれ」

胸に顔を埋めた清和に、下肢を割られた。左右に開かされた足の間に、清和の下半身が入る。

「僕の清和くん、これからも僕の清和くんだよ」

「ああ」

二人はどちらからともなく唇を合わせると、お互いに蜜《みつ》を吸い上げた。下半身に感じる清和の昂《たかぶ》りもますます熱くなっている。

「清和くん、おいで」

「……綺麗だ」

照れくさそうに呟いた清和が可愛くてたまらない。氷川の白い肌が薔薇色《ばらいろ》に染まり、全身から匂い立つような色気が出る。

「いつまでそう言ってもらえるかな」

「いつまでも……」

純情な清和の口から出た愛の言葉は重い。

「その言葉、忘れないよ」

「ああ」

二人だけの熱くて甘い時間は長いようで短く、短いようで長い。清和は優しいようで激しく、激しいようで優しい。ベッドの中で清和は眞鍋組の組長でもなければ、小さかった子供でもない。現在の等身大の清和は最高に魅力的な男だった。
命ある限り、彼のそばで生きていけることを切に願う。

あとがき

講談社X文庫様では十度目ざます。十度目のご挨拶《あいさつ》ができて感慨にふけっている樹生《きふ》かなめざます。

誤解していらっしゃる方がとても多いので戸惑ってしまうのですが、樹生かなめ資本ではない商業誌は、著者である樹生かなめがどんなに頑張《がんば》っても無駄です。樹生かなめにはなんの力もございません。十冊目を発行していただけたのは、読者様の応援があったからです。心より感謝します。そして、これからもよろしくお願いいたします。

担当様、心より感謝します。

いつも惚《ほ》れ惚《ぼ》れする挿絵をつけてくださる奈良千春《ならちはる》様、心より感謝します。

どんなに感謝してもしたりない読者様、十一度目のご挨拶ができることを祈っております。

数年ぶりに部屋の大掃除をした樹生かなめ

樹生かなめ先生の『龍の恋情、Ｄr.の慕情』、いかがでしたか？
樹生かなめ先生、イラストの奈良千春先生への、みなさんのお便りをお待ちしております。

樹生かなめ先生へのファンレターのあて先
〒112-8001　東京都文京区音羽2-12-21　講談社　文芸X出版部「樹生かなめ先生」係
奈良千春先生へのファンレターのあて先
〒112-8001　東京都文京区音羽2-12-21　講談社　文芸X出版部「奈良千春先生」係

N.D.C.913　236p　15cm

樹生かなめ（きふ・かなめ）

講談社X文庫

血液型は菱型。星座はオリオン座。
自分でもどうしてこんなに迷うのかわからない、方向音痴ざます。自分でもどうしてこんなに壊すのかわからない、機械音痴ざます。自分でもどうしてこんなに音感がないのかわからない、音痴ざます。自慢にもなりませんが、ほかにもいろいろとございます。でも、しぶとく生きています。
樹生かなめオフィシャルサイト・ROSE13
http://homepage3.nifty.com/kaname_kifu/

white heart

龍《りゅう》の恋情《れんじょう》、Dr.《ドクター》の慕情《ぼじょう》

樹生《きふ》かなめ

●

2006年12月5日　第1刷発行
2010年11月8日　第7刷発行
定価はカバーに表示してあります。
発行者――鈴木　哲
発行所――株式会社　講談社
東京都文京区音羽2-12-21 〒112-8001
電話　編集部 03-5395-3507
販売部 03-5395-5817
業務部 03-5395-3615
本文印刷－豊国印刷株式会社
製本――株式会社千曲堂
カバー印刷－半七写真印刷工業株式会社
本文データ制作－講談社プリプレス管理部
デザイン－山口　馨

ISBN4-06-255918-8